Mit dir, für ewig!

JOHANNA MAI

Mit dir, für ewig!

Liccardi Resort

Bibliografische Information der Deutschen Nationalbibliothek:
Die Deutsche Nationalbibliothek verzeichnet diese Publikation
in der Deutschen Nationalbibliografie; detaillierte bibliografische
Daten sind im Internet über http://dnb.dnb.de abrufbar.

© 2018 Johanna Mai
Satz, Umschlaggestaltung, Herstellung und Verlag:
BoD – Books on Demand

ISBN: 978-3-7460-2357-1

Willkommen im Liccardi Resort in Italien in der Nähe von Venedig. Ein traumhafter breiter Sandstrand erstreckt sich zwischen zwei Leuchttürmen an der Mittelmeerküste. Der Campingplatz, die Einkaufsmall und das Hotel liegen malerisch am Rande eines Pinienwaldes. In den Sommermonaten ist schnell alles ausgebucht im Hotel und auch auf dem weitläufigen Campingplatzgelände. Jeder möchte seinen Urlaub in dieser sagenhaften Umgebung verbringen. Zahlreiche lauschige Bars und Lokale laden zum Erholen ein. In einiger Entfernung zum Resort liegt die italienische Kleinstadt Ca´Sogno mit kleinen, familiären Cafés, einer Fußgängerzone und Boutiquen. In der nahen Umgebung des Resorts liegen in der ländlichen Idylle die kleinen Höfe von Gemüsebauern. Schmale Straßen führen in eine abgeschiedene Lagunenlandschaft in der Nähe von Venedig. Fischer fahren in den frühen Morgenstunden hinaus aufs Meer und kehren gegen Mittag mit ihrem Fang zurück, um ihn direkt frisch in der Mall zu verkaufen. Urlauber verbringen ihre Zeit an diesem heimeligen Ort und vergessen unter der warmen Sonne Italiens den Alltagsstress. Mittendrin die Familie Liccardi, nicht immer einer Meinung, doch in schwierigen Zeiten immer zusammenhaltend, bieten sie ihren Gästen einen paradiesischen Ort zum Entspannen.

1. Kapitel

»... In wenigen Minuten beginnen wir mit unserem Landeanflug auf Venedig. Wir bitten Sie nun, sich anzuschnallen und Ihre elektronischen Geräte auszuschalten. Bitte bringen Sie Ihren Sitz in eine aufrechte Position und klappen Sie die Tische hoch. Vielen Dank! Ladies and Gentlemen in just a few minutes ...« Carlo lauschte den Anweisungen nur mit einem Ohr wie nebenbei. Er hatte sich schon vor einer Weile zur Landung bereit gemacht. Wieder zu Hause! Gab es etwas Schöneres? Das Flugzeug setzte sacht auf und Carlo folgte den anderen Fluggästen zur Gepäckhalle. Während er vor dem Gepäckband stand, blickte Carlo auf sein Smartphone. Zwei eingegangene Anrufe während der Zeit, in der er in der Luft gewesen war. Seine Nonna Michela hatte versucht, ihn zu erreichen. Sie hatte sicher wissen wollen, ob er sich etwas Bestimmtes zum Essen wünschte, aber alles, was sie kochte, schmeckte ausgezeichnet, daher rief Carlo nicht sofort zurück. Der zweite Anruf war von der Rezeption des Liccardi Resorts. Während er auf seinen Koffer wartete, konnte er diesen Anruf noch schnell erledigen. Carlo hielt sich das Smartphone ans Ohr und sah zum ersten Mal auf. Die meisten Passagiere, die, wie er, nach Venedig geflogen waren, schienen auf dem Weg in den Urlaub zu sein. Sie waren guter Laune und Carlo fand diese Ferienstimmung ansteckend. Das Freizeichen ertönte und Carlos Blick fiel auf eine Frau, die wohl ebenfalls im Flugzeug gewesen sein musste, denn sie wartete am selben Gepäckband wie er. Die Frau war wunderschön und Carlo stellte peinlich berührt fest, dass er sie einige Sekunden sprachlos angestarrt hatte.

»Rezeption Liccardi Resort Venezia. Sie sprechen mit

Matteo«, meldete sich die Stimme des jungen Rezeptionsangestellten.

»Ciao, Matteo. Hier ist Carlo Liccardi.«

»Signor Liccardi, ich hatte versucht, Sie zu erreichen. Sind Sie noch am Flughafen?«, fragte Matteo.

»Ja, ich bin eben gelandet, wieso, was gibt es?«

»Lorenzo wollte mit dem Auto zwei Gäste vom Flughafen abholen, aber er hat mich vor einigen Minuten angerufen. Das Auto ist kaputtgegangen, der Motor springt einfach nicht mehr an. Könnten die Gäste vielleicht bei Ihnen mitfahren?«

»Natürlich, ich gebe dem Fahrer Bescheid. Hast du die Namen der Gäste?«

»Ja, einen Moment.« Carlo hörte, wie Matteo kurz etwas eintippte. »Eine Frau Susann Haas mit ihrer Tochter Emilie. Sie müssten im selben Flugzeug wie Sie gewesen sein.«

»In Ordnung, ich weiß Bescheid. Sollen wir Lorenzo irgendwo abholen, oder wo ist das Auto denn liegen geblieben?«

»Direkt an der großen Kreuzung in Ca´Sogno. Anscheinend konnten Sie den Wagen gleich zu Davide in die Werkstatt bringen.«

Lorenzo war ein langjähriger Angestellter der Familie und wohnte in Ca´Sogno. »In Ordnung, dann müssen wir ihn nicht mitnehmen. Danke für deinen Anruf Matteo, bis gleich.«

Das Gepäckband förderte die ersten Koffer und Taschen zutage und Carlo hatte Glück: Sein Koffer war einer der Ersten. Er beschloss, schon zur Ankunftshalle zu gehen, wo sein Chauffeur wartete und wo auch Lorenzo für gewöhnlich die Gäste des Resorts abholte. Carlo begrüßte den Chauffeur und bat ihn, das Schild mit der Aufschrift

Liccardi Resort aus dem Auto zu holen. Carlo nahm es und hielt es hoch.

»Das kann ich gerne machen, Signor Liccardi, Sie können sich schon ins Auto setzen.«

»Nicht nötig, ich merke eben, dass ich noch keinen unserer Gäste persönlich vom Flughafen abgeholt habe. Das ist schon seltsam.« Viele Passagiere gingen an Carlo vorbei und er merkte selbst, dass er gespannt war auf Signora Haas und ihre Tochter. Die blonde Schönheit aus dem Flieger hatte nun ebenfalls ihr Gepäck bekommen. Sie zog zwei Rollkoffer hinter sich her und trug zudem einen Rucksack. Die Dame blieb wohl ein paar Wochen länger in Italien. Sie hielt inne und drehte sich um. Carlo sah, wie sie mit jemandem sprach. Dann tauchte ein kleines Mädchen neben ihr auf. Das Mädchen trug einen kleinen Rucksack, hatte ihr blondes Haar in zwei Zöpfe geflochten und sah kaum älter als sechs oder sieben Jahre aus. Unübersehbar die Tochter der Frau. Die Frau sah sich suchend um und Carlo widerstand dem Drang zu winken. Wobei, die Chance, dass es sich bei ihr um Signora Haas handelte, war nun doch recht hoch. Carlo ging einen Schritt auf die Frau zu. Sie bemerkte ihn, ihr Blick flog auf das Schild in seiner Hand und sie begann zu lächeln. Carlo ging ihnen entgegen.

»Frau Haas?«, fragte Carlo auf Deutsch. Er hatte während der Messe in Hannover genügend Deutsch gesprochen und da er in den ersten vier Jahren seines Lebens mit seiner Mutter ebenfalls deutsch gesprochen hatte, fühlte er sich in dieser Sprache heimisch, obwohl ihm das Italienische noch näher war.

»Buongiorno. Si, sono io. E questa è mia figlia Emilie.«

»Buongiorno«, sagte nun auch die Kleine. Damit hatte Carlo nicht gerechnet. Die Dame sprach wohl recht gut

Italienisch und ihre Tochter vermutlich ebenso. Carlo nahm ihr die Koffer aus der Hand und beschloss, mit den zweien italienisch zu reden.

»Sie sprechen sehr gut Italienisch«, sagte Carlo anerkennend.

»Ich habe im Hotelbereich gearbeitet oder besser gesagt, ich war dort aus familiärer Sicht sehr eingespannt. Da kommen dann einige Sprachen zusammen. Dafür war ich in Mathe immer eine Niete. Mir liegen die Sprachen mehr, das habe ich auch an meine Tochter Emilie so weitergegeben. Ihr Vater ist Italiener, sie hatte die Möglichkeit, zweisprachig aufzuwachsen.« Carlo sah Signora Haas von der Seite an. Das hatte er sich schon gedacht, dass sie verheiratet war. Die Signora war recht groß, sodass sie trotz ihrer flachen Schuhe nur einen halben Kopf kleiner war als er. Sie trug ihre hellblonden Haare kinnlang und Carlo konnte an ihrer Halskette einen Ring erkennen. Das gab es ja öfter, dass Ehepaare ihre Ringe nicht am Finger, sondern an Halsketten trugen. Der Chauffeur und er verstauten das Gepäck im Kofferraum der Limousine. Carlo stieg vorne neben dem Fahrer ein, hielt aber vorher Susann und Emilie die Tür auf.

»Wie sagten Sie noch einmal, heißen Sie?«, fragte die Signora, als der Chauffeur den Wagen vom Gelände des Flughafens fuhr.

»Verzeihung, ich glaube, ich hatte mich gar nicht vorgestellt. Mein Name ist Carlo Liccardi.«

»Dann gehört das Resort Ihnen?«, fragte Susann überrascht.

»Ja, meiner Familie. Ich habe vor wenigen Wochen meinen Vater als Resortchef abgelöst. Was natürlich nicht heißt, dass er sich zur Ruhe gesetzt hätte, es war der traditionelle Generationswechsel in der Firmenleitung.«

»Ich bin überrascht. Und da schaffen Sie es, alle Ihre Gäste persönlich abzuholen?« Carlo und auch der Chauffeur mussten lächeln.

»Nein, das ist nur ein Zufall, wobei ich merke, dass es hin und wieder wohl ganz angenehm wäre, wenn ich die Fahrer begleite.«

Susann entgegnete darauf nichts. Meinte er, es wäre angenehmer, weil er dann die Gäste des Resorts generell kennenlernen würde, oder hatte er speziell auf sie anspielen wollen? Aber das war ja abwegig. Sie hatten sich gerade erst kennengelernt und da Carlo ein wirklich attraktiver Mann war, machte es diesen Gedanken noch törichter.

»Mama, gehen wir als Erstes an den Strand?«, fragte Emilie sie plötzlich.

»Hast du keinen Hunger, Schatz? Ich dachte, wir essen vielleicht erst eine Kleinigkeit.«

»Na gut, aber danach gehen wir sofort zum Strand.« Susann sah ihrer Tochter die Freude, bald am Meer zu sein, deutlich an. Gedankenverloren blickte Susann aus dem Fenster, sie hatten Venedig hinter sich gelassen und fuhren auf einer breiten Straße Richtung Ca´Sogno. Ein kleines Städtchen direkt am Meer gelegen und in geringer Entfernung zum Resort. Ihr Blick fiel schließlich auf Carlo. Er saß auf dem Beifahrersitz und so konnte sie sein Gesicht nicht sehen, doch da war vorhin etwas gewesen. Susann wusste nicht, ob es Carlo ebenso ergangen war, doch sie hatte das Gefühl gehabt, dass sie sich schon einmal begegnet waren.

»*Scusi*, Signor Liccardi, ich habe eine Frage«, begann Susann schließlich. »Sie kommen mir irgendwie bekannt vor, sind wir uns schon einmal begegnet?« Carlo drehte sich zu ihr um.

»Ich denke ebenfalls schon die ganze Zeit darüber nach, aber ich komme nicht darauf, wo wir uns schon einmal gesehen haben könnten. Aber ich hatte vorhin auch das Gefühl, Sie zu kennen.« Susann betrachtete Carlo nachdenklich. Er war wirklich ein attraktiver Mann, einen halben Kopf größer als sie und hatte dunkle Haare, grüngraue Augen und einen Drei-Tage-Bart. Susann schätzte ihn auf Ende 30 und fand das Anziehendste an ihm waren die feinen Lachfältchen um seine Augen, die ihm eine unglaublich charmante und sympathische Art verliehen. Wo hatte sie diesen Mann schon einmal gesehen? Sie müsste sich doch daran erinnern können?!

Susann lächelte Carlo entschuldigend an. »Verzeihen Sie, ich komme nicht darauf, woher ich Sie kenne, Signor Liccardi.« Carlo war verzaubert von diesem unbeschwerten Lächeln, das Susann umwerfend aussehen ließ. An diese Frau solltest du dich wirklich erinnern können, schalt Carlo sich. Generell versuchte er sich, seit er die Leitung des Resorts von seinem Vater Edmondo übernommen hatte, die Gesichter und Namen der Gäste, die er kennenlernte, zu merken. Carlo empfand es als größtes Lob, wenn Gäste zufrieden waren und ihren Urlaub immer wieder im Resort verbrachten und oft schon bei der Abreise eine Buchung für das nächste Jahr vornahmen. Es gab nicht wenige, die mittlerweile über Wochen blieben und hier fast schon eine zweite Heimat gefunden hatten. Es war gleichzeitig die Bestätigung, dass der hohe Standard, den die Liccardis an das Personal und an sich selbst stellten, zu Recht so anspruchsvoll war.

»Waren Sie schon einmal bei uns im Resort?«, fragte Carlo, doch er glaubte, die Antwort darauf bereits zu kennen.

»Nein, noch nie. Meine Tochter und ich sind schon sehr gespannt. Wir haben den Urlaub von meiner Mutter geschenkt bekommen.«

»Ich möchte unbedingt den Strand sehen und mit einem Tretboot fahren. Und Mama hat gesagt, es gibt einen Kurs für Kinder, wo man Einrad fahren und Jonglieren lernen kann. Das will ich auf jeden Fall machen!« Emilie sprach wirklich sehr gut Italienisch und sie war ein aufgewecktes Kind. Carlo erinnerte sie in ihrer Art sehr an seine Schwester Katie, wie sie als Kind gewesen war. Voller Tatendrang und immer bereit, alles Mögliche zu lernen und auszuprobieren.

»Wir haben auch noch einen speziellen Kindertauchkurs, aber ich denke, da bist du noch etwas zu jung«, sagte Carlo, als im einfiel, dass der Kurs erst für Kinder ab acht Jahre geeignet war.

»Den kannst du dann übernächstes Jahr machen, wenn wir nochmal kommen«, sagte Susann und strich ihrer Tochter über den Kopf.

»Oma hat uns einen Bungalow direkt am Strand gebucht«, verkündete nun Emilie und sah Carlo begeistert an.

»Nicht direkt am Strand, Schatz. Aber sehr nah dran«, berichtigte Susann.

»Und wie lange bleibt ihr«, fragte Carlo an Emilie gewandt.

»Vier Wochen, oder, Mama?«, fragte Emilie mit einem Seitenblick zu ihrer Mutter. Susann nickte.

»Ein Monat, das ist ideal, dann sind Sie auch noch die ersten zwei Wochen im Mai hier, da ist es meist schon etwas wärmer und weniger regnerisch als im April. Zurzeit sind noch nicht so viele Gäste hier, wie dann später in der Hochsaison.«

»Das hatte ich gehofft und meine Mutter hatte das wohl auch im Sinn, als sie uns diesen Urlaub gebucht hat.« Susann dachte an das Gespräch mit ihrer Mutter.

»Ich kann das nicht annehmen, Mutter. Vier Wochen im Liccardi Resort für Emilie und mich, das kostet doch viel zu viel und wie soll ich dir das zurückzahlen, ich muss mich jetzt erst nach einem neuen Job umsehen«, hatte sie gesagt und abwechselnd von der Buchungsbestätigung zu ihrer Mutter gesehen. Vier Wochen Entspannung, nur für sie und Emilie, das hatte wie ein Traum geklungen. Nach der ganzen Anstrengung in der letzten Zeit, nach dem Scheidungsstress mit ihrem inzwischen Ex-Mann hatte sich das angefühlt wie ein Ausblick auf ein »zur Ruhe kommen«.

»Keine Widerrede, Susann. Du verbringst jetzt ein bisschen entspannte Zeit mit deiner Tochter, nach diesen letzten Monaten habt ihr das wirklich verdient. Es war nicht leicht für euch.«

Und so saßen sie und Emilie nun hier in diesem schicken Auto und fuhren vier entspannten Wochen entgegen. Für Susann war es fast schon egal, ob es regnete oder die Sonne schien, einfach das alte Leben hinter sich lassen. Die negativen Gefühle, die sie die letzten Wochen und Monate ausgefüllt hatten, wollte sie nun ablegen, um sich voll und ganz auf ihre Tochter zu konzentrieren.

Carlo erkannte, dass Susann tief in Gedanken versunken war. Ihre Gedanken ließen sie auf einmal etwas schwermütig wirken und es tat ihm leid, als er diesen Wechsel fast spüren konnte. Die heitere Stimmung war gewichen und ein dunkler Schatten hatte sich auf ihr Gesicht gelegt. Carlo sah wieder nach vorne auf die Straße. Inzwischen waren sie in Ca´Sogno. Da durchbrach die Sonne plötzlich die Wolkenbank und strahlte mit ungewohnter Stärke auf die kleinen Eisdielen und Geschäfte, die entlang der Hauptstraße, die sich durch den Ort schlängelte, lagen. Am Ortsende von Ca´Sogno wurden die Häuser links und rechts nun von ein paar Feldern, auf denen im Mai der Mohn blühen würde, verdrängt. Die ersten Blüten spitzten bereits hervor und hinter den Feldern konnte man an der rechten Straßenseite die Lagune erkennen. Wie lange Finger ragte das Meer hier in das Land und schien sich dieses Schritt für Schritt zu eigen machen zu wollen. Sie fuhren entlang der Lagune und der Streifen aus Wasser wurde immer breiter. Schließlich bog der Fahrer nach links ab und fuhr auf das Eingangstor des Liccardi Resorts zu. Carlo spürte, wie ihm das Gefühl von Heimat, das er jedes Mal bekam, wenn er von einer Reise zurückkehrte, fast den Atem raubte.

Die Limousine hielt direkt vor der Rezeption und Carlo half dem Fahrer, das Gepäck von Susann und ihrer Tochter aus dem Kofferraum zu holen. Zusammen trugen sie es zur Rezeption.

»*Buongiorno*, Signor Liccardi, schön, dass Sie wieder hier sind.«

»Ciao, Matteo. Ich bin auch froh, wieder hier zu sein, darf ich dir unsere Gäste Signora Haas und ihre Tochter Emilie vorstellen?«

Matteo begrüßte die zwei und hatte schon alles für das Einchecken vorbereitet.

»Gerne bringe ich Sie und Ihr Gepäck zu Ihrem Bungalow.« Matteo führte Susann und Emilie zu einem der kleinen Wagen, wie sie innerhalb des Campingplatzes für den Transport der Gäste und deren Gepäck benutzt wurden.

»Vielen Dank fürs Abholen«, bedankte sich Susann bei Carlo und dem Fahrer.

»Sehr gerne, ich wünsche Ihnen einen schönen Urlaub«, sagte Carlo ehrlich und gab Susann die Hand zum Abschied. Eigentlich hätte er sie jetzt gerne zum Essen eingeladen, um noch mehr von ihr zu erfahren, doch sie war verheiratet und außerdem wollte sie den Urlaub sicher mit ihrer Tochter verbringen und er war auch nicht der Mann für einen Urlaubsflirt ohne Zukunft. Auch wenn er Susann Haas überaus attraktiv fand und sie mit ihrem zauberhaften Lächeln eine Saite in ihm zum Klingen brachte, die er schon sehr lange nicht mehr gehört und deren Existenz er nicht mehr vermutet hatte.

»Auch dir, Emilie, einen schönen Urlaub und viel Spaß.«

»Danke, *ci vediamo,* bis bald«, sagte Emilie fröhlich und zog ihre Mutter zu dem kleinen Wagen.

»*Ci vediamo*«, sagte Carlo. Warum nicht, das Resort war groß, aber sicher würde er die zwei innerhalb von vier Wochen noch einmal sehen.

Susann warf ihm vom Wagen aus ein bezauberndes Lächeln zu und winkte ihm zum Abschied. Carlo sah ihnen nach und stand auch noch dort, als sie schon längst aus seinem Blickfeld verschwunden waren. Wem versuchte er etwas vorzumachen, er wollte sie wiedersehen, unbedingt!

Matteo hatte sie zu ihrem Bungalow gebracht und ihnen beim Hineintragen des Gepäcks geholfen. Emilies Vorfreude war nicht enttäuscht worden. Der Bungalow war klein, aber gemütlich. Und wenn sie auf der kleinen Terrasse standen, konnten sie hinter einer höheren, mit Büschen bewachsenen Düne das Meer erspähen. Das rhythmisch gleichmäßige Rauschen der Brandung war auch noch am Bungalow zu hören und Susanns letzte Zweifel, dass dieser Urlaub ihr und Emilie nicht zur Erholung dienen würde, schwanden endgültig dahin. Matteo hatte ihnen ebenfalls noch einen schönen Urlaub gewünscht und stand, wie er selbst sagte, bei Fragen immer zur Verfügung.

»Mama, können wir nicht doch erst zum Strand?«, versuchte Emilie sie zu überreden, doch Susann musste von ihrer Tochter nicht überzeugt werden, auch sie wollte nun gleich ans Meer.

Die Sonne schien, doch am Strand ging ein recht starker Wind und so nahmen sie die Jacken mit. Das Wasser war von einem durchdringenden Blaugrau und die Wellen schlugen mit enormer Wucht an den Strand und brachten viele schöne Muscheln mit. Emilie suchte begeistert nach besonders einzigartigen Fundstücken und schon bald hatte Susann beide Hände voll mit Sand und Muscheln, die ihr ihre Tochter gegeben hatte.

»Morgen nehmen wir einen kleinen Eimer mit, wenn du hier den ganzen Strand aufsammeln willst.«

»Ich sammle doch nicht alle Muscheln, nur die schönsten!«

Susann ging mit Emilie den Strand entlang und genoss das Gefühl, nun wirklich einmal ausspannen zu können.

»Emilie, ich verspreche dir, dass ich in Zukunft wieder mehr Zeit für dich haben werde«, erwiderte Susann, als sie einige Augenblicke dem Rauschen der Wellen und dem Gezeter der Möwen über ihnen, die im Wind die waghalsigsten Flugmanöver absolvierten, gelauscht hatte.

»In Ordnung«, sagte Emilie nur und sah auf ihre sandigen Hände.

»Ich meine das wirklich ernst, Emilie. Die letzten Monate waren für uns beide schwer, aber du darfst niemals vergessen, dass Papa und ich dich sehr lieb haben.«

»Aber Papa ruft nie an und seit der Scheidung hat er sogar noch weniger Zeit als vorher. Und jetzt hat er sowieso nur noch Augen für seine neue Frau.« Das waren nicht Emilies Worte, die Susann da hörte, mehr die Worte ihrer Mutter, die Emilie aufgeschnappt hatte und jetzt nur wiederholte.

»Hast du das von Oma?«, fragte Susann nach.

»Oma hat es zu Tante Ingrid gesagt, als sie telefoniert haben, das habe ich gehört.«

Susann versuchte in Emilies Gegenwart so gut sie konnte nichts Schlechtes über ihren Ex-Mann Luca zu sagen. Sie wusste, dass er hingegen am Anfang der Trennung nicht so rücksichtsvoll gewesen war und erst als sich herausstellte, dass sich Lucas neue Freundin mit Emilie nicht allzu gut verstand, hatte er mit den Versuchen aufgehört, Emilie von ihrer Mutter zu entfremden. Im Gegenteil, seit klar geworden war, dass die neue Freundin an Lucas Seite sich für Emilie nicht erwärmen konnte und dies auf Gegenseitigkeit beruhte, hatte Luca alles versucht, um Emilie einzureden, sie wäre bei ihrer Mutter Susann besser aufgehoben.

»Ein Kind braucht zwei Elternteile und du warst schon vorher nicht richtig für sie da, dich jetzt ganz aus ihrem Leben zu stehlen, das lasse ich nicht zu, Luca!« Das hatte Susann ihm klipp und klar gesagt, doch natürlich hatte ihn das nicht interessiert. Während des Scheidungsprozesses hatte Susann sich auch öfters gefragt, ob Luca sie oder Emilie denn überhaupt geliebt hatte. Ob Luca überhaupt fähig war, jemanden außer sich selbst zu lieben? Susann hatte immer gewusst, dass Lucas Familie recht arm gewesen war. Seine Firma, alles, was er erreicht hatte, hatte er durch sein Durchhaltevermögen, seine Überzeugungskraft und seinen Ehrgeiz geschaffen. Dies war etwas, das Susann von Anfang an an diesem Mann beeindruckt hatte, doch im Endeffekt war es nun auch der

Hauptscheidungsgrund gewesen. Nicht die Affäre, mit der hatte Susann fast schon gerechnet. Sie hatte Luca vorgeworfen, für alles, wenn es die Arbeit und das Geld, das er dabei verdiente, betraf, Ehrgeiz zu besitzen. Aber für seine Frau oder zumindest für seine Tochter schaffte er es nicht, ebenso diese Energie aufzubringen.

»Es ist wohl so«, war alles gewesen, was Luca ihr daraufhin gesagt hatte.

Emilie riss sie aus ihren düsteren Gedanken. »Mama, schau, das wurde eben an den Strand gespült. *Che cos'è?* Was ist das?«, entgegnete Emilie andächtig und sie wechselte zwischen Italienisch und Deutsch hin und her, wie immer, wenn sie aufgeregt war. Susann versuchte zu erkennen, was Emilie entdeckt hatte. Zuerst hielt sie es für eine Plastiktüte, die an den Strand gespült worden war. Dann sah sie, dass es eine Qualle war.

»Das ist eine Qualle, Schatz. *Una medusa*«, erklärte Susann. »Sie ist nicht giftig, aber fass sie bitte trotzdem nicht an«, bat Susann, als sie sah, wie ihre Tochter interessiert das Tier genauer betrachtete. »Das hätte uns gerade noch gefehlt, dass du den Urlaub in einem italienischen Krankenhaus verbringen musst, Schatz.«

2. Kapitel

Carlo beschloss, bevor er in sein Büro hinaufging, erst einmal zu Hause vorbeizuschauen. Bestimmt hatte seine Nonna etwas gekocht. Ihm fiel ein, dass er seine Nonna Michela gar nicht mehr zurückgerufen hatte. Er war in Gedanken noch immer bei der bezaubernden Signora Haas. Susann. Woher kannte er sie? Er war sich nun wirklich sicher, dass er sie schon einmal gesehen hatte und sie hatte ihn ja schließlich auch wiedererkannt, oder zumindest ging es ihr genauso wie ihm. Sie hatten sich schon einmal gesehen, jetzt musste er nur noch herausfinden, wann und wo.

Er hoffte, dass seine Nonna Michela nicht allzu böse auf ihn wäre, sie war es nicht gewohnt, dass er sich nicht meldete. Da die Familie oft den Tag über unterwegs war, fanden sich alle Mitglieder zum späten Abendessen ein, aber Michela kochte trotzdem auch mittags meist schon so viel, als wären alle da, und so versuchte es Carlo, wann immer es ihm möglich war, auch zum Mittagessen nach Hause zu kommen. Und ein sehr verspätetes Mittagessen war genau das, was er jetzt brauchte. Die Liccardi-Familienvilla befand sich praktischerweise gegenüber des Resorteingangs. Durch ein schmiedeeisernes Gartentor und eine schöne Rosenpergola führte ein gepflasterter Weg bis zur Terrasse. In einer großen Kiefer, die schon mehrere hundert Jahre alt war, hing eine Schaukel, die Carlo und seine Geschwister in ihrer Kindheit rege genutzt hatten. Nun saß Maurizio, der ältere Sohn von Carlos Cousin Renato, auf der Schaukel.

»Ciao, Carlo!«, rief der Junge fröhlich, als er ihn sah. Für Carlo waren die Söhne von Renato fast wie seine eigenen Kinder. Maurizio und sein zwei Jahre jüngerer Bruder

Filippo waren Renatos Ein und Alles. Zuerst hatte Renato mit seiner Frau Franca im Resort am Gardasee gewohnt. Dann war er von Franca kurz nach Filippos Geburt verlassen worden. Renato hatte es irgendwann in der Wohnung am Gardasee nicht mehr ausgehalten und so waren er und seine Jungs hierhergezogen. Während der Woche arbeitete Renato am Gardasee, im dortigen Liccardi Resort in Sant' Andrea del Garda. Am Donnerstagabend fuhr er nach Hause. Auf seine Söhne passte während der Woche Michela auf. Sie freute sich, dass sie ihre Urenkel im Haus hatte.

»*Buongiorno*, Maurizio, ach, es ist schön, wieder hier zu sein.« Carlo umarmte Maurizio glücklich und sah sich um. Der Tisch auf der Terrasse war gedeckt. In der Sonne war es auch schon angenehm warm. Carlo liebte es, die Familie um sich zu haben. Er war noch immer nicht verheiratet und ein eigenes Haus wäre ihm leer und einsam erschienen. Natürlich war es wichtig, dass sich jeder auch zurückziehen konnte, aber das war bei der großen Villa ohne weiteres möglich.

»Carlo, du hast mich gar nicht zurückgerufen«, begrüßte ihn seine Nonna und drückte ihn herzlich an sich. »Was wäre, wenn ich jetzt nichts zu essen gemacht hätte oder zu wenig, nur für die Jungs und mich?«

»*Nonnina*, ist es jemals vorgekommen, dass du zu wenig gekocht hättest?«, fragte Carlo liebevoll. Noch ehe er sich an den Tisch gesetzt hatte, stand ein Teller, ein Topf mit Pasta und eine Schale mit gemischtem Salat auf dem Tisch.

»Nonna, ich habe auch wieder Hunger. Kann ich noch etwas essen?«, meldete sich Maurizio zu Wort und setzte sich auf einen Stuhl gegenüber von Carlo. Er sah seinem Vater Renato sehr ähnlich.

»Es ist genug da, *ragazzino*.« Michela holte einen weiteren Teller. Bevor sie sich zu ihnen setzte, rief sie: »Filippo, möchtest du auch noch etwas essen?« Filippo kam aus dem Wohnzimmer. Er war erst vier, etwas schüchtern und ein recht ernsthaftes Kind. Renato machte sich oft genug Sorgen, doch Michela sagte immer: »Renato, mach dir keine Gedanken. Kinder sind unterschiedlich und Filippo ist halt etwas zurückhaltender und stiller, das ist nicht schlechter, sondern einfach nur anders.«

Carlo strubbelte Filippo durch die schwarzen, lockigen Haare. »Na, *passerotto*, was hast du gerade gemacht?« *Passerotto, Spatz,* so wurde Filippo oft von fast allen aus der Familie genannt.

»Ich habe für Papà ein Bild gemalt.«

»Man erkennt gar nicht, was drauf ist«, erwiderte Maurizio.

»Das ist ein Fisch«, sagte Filippo energisch und stand auf, um das Bild zu holen. Er zeigte es erst seiner Uroma, dann zeigte er es Carlo.

»Natürlich ist das ein Fisch, Maurizio. Das kann man genau sehen«, sagte Carlo. »Da freut sich dein Papà sicher sehr darüber, dann kann er es bei sich ins Büro hängen.« Filippo lächelte kurz und betrachtete sein Bild stolz.

»Ach ja, Carlo, das wollte ich dir noch erzählen: Edmondo ist nach England geflogen«, sagte Michela, nachdem jeder von ihnen zu essen hatte. Carlo hatte sich schon gefragt, wo sein Vater steckte. In der Regel wollte er immer sofort wissen, wie es auf der Messe war.

»Ist etwas passiert? Geht es Eli schlechter?«, fragte Carlo alarmiert. Carlos Halbgeschwister, Eli und Katie, die Kinder aus Edmondos zweiter Beziehung zu Morgan Grantham, lebten in London. Viele Jahre hatte nur Katie und hin und wieder auch Morgen die Beziehung zu dem italienischen Teil der Familie aufrechterhalten, doch nun, seit letztem Jahr im Sommer, als Eli einen Motorradunfall gehabt hatte, wuchs die Familie wieder ein bisschen stärker zusammen.

»Nein, das nicht direkt«, entgegnete Michela ausweichend auf Carlos Frage. »Aber er schläft und isst wohl kaum noch etwas. Katie hat gestern kurz nach Mittag hier angerufen und gemeint, dass sie und Morgan sich mit jedem Tag mehr Sorgen um Eli machen. Sie wusste, dass du auf der Messe bist, und bat euren Vater vorbeizukommen. Edmondo hat gestern Abend einen Flieger nach London genommen. Katie hat ihn abgeholt. Er war heute Vormittag bei Eli und ich weiß noch nicht, was dabei herausgekommen ist. Edmondo wollte mit Eli noch einmal sprechen, ob es nicht doch besser wäre, dass er hierherzieht.« Carlo dachte an seinen kleinen Bruder. Er selbst hatte mit Eli schon einmal darüber gesprochen. Doch Eli wollte sich damals nicht überzeugen lassen.

»Ich genieße es, ein eigenes Leben zu haben, Carlo. Das möchte ich nicht aufgeben. Gerade jetzt muss ich mir auch beweisen, dass ich es schaffe, alleine zurechtzukommen.« Carlo hätte damals einiges dagegen einwenden können, doch das hatte er nicht getan. Wenn er auf Eli einreden würde, wäre niemandem geholfen. Eli reagierte wie viele seiner Verwandten der Liccardi Familie mit Sturheit, wenn man versuchte, sie von einer Sache zu überzeugen. Carlo war da nicht anders. So hatte sich Carlo also damals von seinem Bruder verabschiedet und ihm gesagt, dass er ihn jederzeit anrufen könnte, wenn er Hilfe bräuchte, und in Italien immer willkommen wäre.

»Na dann bin ich schon gespannt, was Vater zu berichten hat, wenn er anruft«, sagte Carlo.

»Ich auch«, bestätigte Michela.

Carlo aß die Pasta. Wie immer war sie köstlich. Die Jungs waren bald mit dem Essen fertig und sie gingen in den Garten, um zu spielen. Carlos Gedanken wanderten, während er aß, wieder zu Susann zurück. Vielleicht hatte er sie während seines Studiums getroffen? Er war für mehrere Semester in Deutschland gewesen, es konnte also gut möglich sein. In Gedanken ging Carlo die einzelnen Leute durch, an die er sich aus seinem Studium erinnern konnte, doch eine Susann Haas war nicht dabei.

»Wie war es auf der Messe, Carlo?«, fragte Michela ihn unvermittelt. Sie war ebenfalls fertig mit Essen und sah ihn interessiert an.

»Och, ganz gut. Es waren viele Stammgäste am Stand. Einige haben nach Papà gefragt.« Sein Vater hatte in den vergangenen Jahren zunehmend mehr Probleme mit seinem Herzen bekommen und die Ärzte hatten ihm geraten kürzerzutreten. Für einen Mann wie Edmondo eine schwer zu begreifende Diagnose und eine noch schwerer umzusetzende Empfehlung.

»Ja, das hat deinem Vater auch immer am besten gefallen, wenn er auf Messen war. Von den Gästen zu erfahren, wie wohl sie sich hier immer fühlen und wie sehr sie sich auf den nächsten Urlaub freuen. Das war Edmondo nach anstrengenden und langen Arbeitstagen das Wichtigste!« Carlo nickte. Er war in Gedanken noch immer bei Susann. Es musste doch möglich sein, dass er sich an diese Frau erinnerte, sie war ihm unter allen Fluggästen aufgefallen, da musste sie doch einen bleibenden Eindruck in seiner Erinnerung hinterlassen haben.

»An was denkst du? Und sag nicht, es ist nichts. Du bist deinem Vater in dieser Hinsicht sehr ähnlich«, hörte er Michela sagen. Carlo sah zu ihr. Sie lächelte ihn an. Wie gut sie ihn doch kannte!

»Ich sehe schon, dir kann man nichts vormachen, *nonnina*.«

»Carlo, ich kenne dich inzwischen seit 39 Jahren, *ragazzo*, ich würde sogar so weit gehen und sagen, du denkst an eine Frau.«

»Und damit liegst du ganz richtig. Ich habe sie am Flughafen kennengelernt, aber bevor du jetzt etwas sagst, sie ist verheiratet, hat eine Tochter und macht für vier Wochen Urlaub hier bei uns im Resort.«

»Und ihr Mann ist nicht dabei?« Carlo verstand sofort, auf was seine Nonna anspielte.

»Das muss nichts heißen. Wenn du sie siehst, wirst du erkennen, dass sich niemand von so einer Frau trennen würde! Sie ist sicher verheiratet. Und irgendwo habe ich sie auch schon einmal gesehen, doch ich kann mich nicht erinnern, wann und wo das gewesen ist. Aber es fällt mir schon noch ein, da bin ich mir sicher.«

»Dich hat es ja ganz schön erwischt.« Michela war überrascht. Von all ihren Enkeln war Carlo der besonnenste und vernünftigste. Alles, jede seiner Handlungen, war stets durchdacht und begründet. Ihn nun so zu sehen; ein bisschen unsicher und ziellos, weil er eine Frau kennengelernt hatte, die ihn faszinierte. Obwohl diese mysteriöse Urlauberin vermutlich verheiratet war, so spürte Michela, dass sie trotzdem erleichtert war. Erleichtert vor allem darüber, dass Carlo sich in Liebesdingen weniger rational verhielt, als sie vermutet hätte. Im Geschäftlichen ein umsichtiger und sorgfältiger Resortleiter und in Liebesdingen ein romantischer, auf sein Herz hörender Mann.

Als er auch noch seinen Nachschlag fertig gegessen hatte, stellte Carlo seinen Teller und das Besteck in die Spülmaschine.

»Wie immer hat es großartig geschmeckt, *nonnina*.«

Carlo gab ihr einen Kuss auf die linke Wange. »Ich gehe noch ins Büro, vermutlich hat Papà zwar alles Eilige erledigt, aber man weiß ja nie.«

Carlo machte sich auf den Weg zurück ins Resort. Es war inzwischen später Nachmittag. Jetzt, Mitte April, war noch etwas weniger los im Resort. Die Hauptsaison begann meist, wenn die Deutschen in den Pfingstferien kamen, und endete Mitte September. Doch davor mussten viele Vorbereitungen getroffen werden. Das Resort war das ganze Jahr über geöffnet. In den Wintermonaten konzentrierte sich selbstverständlich alles deutlich mehr auf das Hotel, die Bungalows und die Mall und weniger auf die Campingplätze. Hier war dann Zeit für Umbaumaßnahmen, die dann auch immer bis zum Ende der Nebensaison fertig gestellt werden mussten. Während der Wintermonate konnte ein Teil des Poolbereichs überdacht werden. Die Angestellten waren daher nicht nur während der Hauptsaison angestellt, sondern hatten einen festen Arbeitsplatz während des ganzen Jahres, darauf hatten schon Michela und ihr Mann Salvatore Wert gelegt, als sie das Resort gegründet hatten. Carlo war stolz darauf, Teil dieses traditionellen Familienunternehmens zu sein, und er hätte dies um kein Geld der Welt tauschen wollen. Hier war er zu Hause. Dieses Resort war seine Heimat.

Der Weg zu seinem Büro führte ihn an der Rezeption vorbei und ins oberste Stockwerk des Hauses, gleich neben dem Hotel. Dort schloss er die große Tür zu seinem geräumigen Büro auf. Der Schreibtisch stand gleich rechts, von dort hatte man einen traumhaften Blick auf das Meer, das sich heute stürmisch und dunkelblau-grau zeigte, und auf den Strand. Links neben der Tür stand der Eichenschrank. Michela hatte ihn auf einer Auktion in Venedig, kurz nach Gründung des Resorts, erworben.

Wie in einer stillen Übereinkunft wurde der Schrank von Resortleiter zu Resortleiter weitergegeben. Michela hatte mit der Tradition begonnen, Fotos der Familienmitglieder in den Schrank zu stellen. Edmondo und sein Bruder Manuele hatten diese Tradition fortgeführt und nun war es an Carlo und seinen Geschwistern und Cousins und Cousinen, diesen Brauch fortzusetzen.

Carlo stellte sich vor den Schrank und betrachtete die Fotografien. Die ersten Fotos, noch in schwarz-weiß und Sepia-Farben, zeigten die Eltern von Michela und die Eltern von Salvatore. Michelas Schwester, sie hatte einen Amerikaner geheiratet, mit Familie vor dem Haus in Alaska. Michela und Salvatore zusammen mit den Kindern Edmondo und Manuele. Ebenfalls noch in schwarz-weiß, vor der damaligen Rezeption. Edmondo sah auf dem Bild hoch zu seinem Vater und Manuele grinste in die Kamera. Salvatore sah hinab zu seinen Söhnen und Michela, eineinhalb Köpfe kleiner als ihr Mann, aber stolze Resortleiterin, lächelte fröhlich in die Kamera. Carlo sah auf die anderen Fotos. Wie gerne würde er ebenfalls ein Foto von sich und seiner Familie dazustellen. Er wusste, dass er sich nicht beschweren konnte und sollte, er hatte eine wunderbare Familie, zu der er bereits gehörte, doch in ihm wurde der Wunsch nach einer eigenen Familie in der letzten Zeit immer größer. Er war nun Ende 30 und noch immer hatte er nicht die Frau gefunden, mit der er den Rest seines Lebens verbringen wollte. Carlo schloss für einen Moment die Augen und malte sich das Bild einer, besser gesagt, seiner Familie vor seinem inneren Auge aus. Sofort kam ihm Susann in den Sinn, Carlo versuchte die Erinnerung an sie abzuschütteln. Sie war bereits verheiratet, ein Foto von ihr stand vielleicht bereits in einem ähnlichen Schrank. Ein anderer Mann hatte den Arm um Susann gelegt und Emilie strahlte ebenso wie ihre Eltern glücklich in die Kamera. Genau so war es sicherlich. Carlo fühlte sich plötzlich unendlich enttäuscht und er schimpfte sich einen Tölpel, weil er in seinem Tagtraum Susann an seiner Seite sah. Carlo wandte sich von dem Schrank und den Fotos ab und setzte sich an den Schreibtisch, fast im selben Moment klingelte sein Smartphone. Sein Vater rief an, vielleicht mit Neuigkeiten aus England.

»Ciao, Papà. Schön, dass du anrufst«, ging Carlo an sein Smartphone. »Und, ist alles in Ordnung?«

»*Si, è tutto a posto.* Ja, es ist alles in Ordnung. Und bei dir? Wie lief die Messe?«

»Großartig, ich habe einige Bekannte getroffen, langjährige Gäste, die dich sehr vermisst haben. Einige haben mir Nachrichten für dich mitgegeben. Da in unserem derzeitigen Resortprospekt teilweise noch immer die alten Bilder abgedruckt sind, habe ich per Laptop immer eine Bildershow laufen lassen, mit aktuellen Fotos vom Poolbereich und dem Hotel.«

»Das war eine sehr gute Idee, Carlo.«

»Und, Papà, konntest du etwas erreichen? Wie geht's Eli? Von alleine ruft er ja nicht an.«

»Michela hat dir ja sicher schon etwas erzählt. Ich habe nicht viel mehr erfahren. Ihm geht's nicht so gut. Er schläft kaum und Morgan sagt, er isst nahezu nichts. Seine Wohnung hat er vor zwei Wochen verkauft. Katie hat ihm beim Umzug geholfen. Er wohnt jetzt bei Morgan. Aber das ist keine dauerhafte Lösung, außerdem wissen sie und Katie sich auch nicht mehr zu helfen. Ich habe heute Vormittag mit ihm gesprochen und er hat sich jetzt dazu entschlossen, nach Italien zu kommen, aber wohl erst in etwa einer Woche. Ich nehme übermorgen in der Früh einen Flieger.

Du kennst Eli ja, er geht mir aus dem Weg, sobald er die Möglichkeit dazu hat.«

»Kopf hoch, Papà, du hast geschafft, ihn zu überreden, hierherzuziehen, das ist doch schon etwas.«

»Mal sehen, ob das wirklich eine gute Idee ist. Katie hat sich morgen den Nachmittag frei genommen und wir fahren nach Kew und schauen uns den Botanischen Garten an. Eli kommt nicht mit, aber wen wundert das?« Edmondo lachte kurz auf. Carlo konnte spüren, dass dies kein glückliches Lachen war. Edmondo wollte gerne mehr Zeit mit Katie und Eli verbringen, doch die verpassten Momente und Augenblicke der Vergangenheit konnten nun nicht so einfach nachgeholt werden, auch wenn Edmondo sich das wünschte. Schließlich waren Eli und Katie bereits erwachsen.

Carlo sprach mit seinem Vater noch ein paar Minuten, dann verabschiedeten sie sich und Carlo legte auf. Er würde seinen Vater Freitagvormittag vom Flughafen abholen und dann konnten sie sich noch ausführlicher unterhalten.

Was für einen Vater würde ich abgeben, wenn ich Kinder hätte?, fragte sich Carlo und sah wie selbstverständlich zu dem Eichenschrank. Es war schwer, sich vorzustellen, wie er sich selbst verhalten würde. Früher hatte er seinem Bruder Eli immer die Schuld daran gegeben, dass er so ein schlechtes Verhältnis zu ihrem Vater hatte. Wenn Carlo allerdings jetzt darüber nachdachte, so musste er auch bei seinem Vater ein gewisses Versagen eingestehen. Edmondo hatte immer erwartet, dass Katie und Eli in den Ferien nach Italien kamen, und er war nur sehr selten selbst nach London geflogen. Seine Ausrede war immer das Resort gewesen, auch wenn Manuele jederzeit hätte einspringen können.

»Aber die Frage, was ich für ein Vater wäre, stellt sich zurzeit ja noch nicht«, sagte Carlo laut zu sich selbst.

Er begann mit seiner Arbeit. Es war tatsächlich nicht viel zu tun, sein Vater hatte so weit alles erledigt. Carlo nahm den Resortprospekt zur Hand und blätterte ihn durch. Hier musste er sich wirklich etwas einfallen lassen. Die Bilder waren tatsächlich nicht mehr aktuell. Carlo markierte die Seiten mit Haftnotizen und Bemerkungen und nahm sich vor, mit seinem Vater darüber zu sprechen. Dann schrieb er mit seinem Smartphone aus einer inneren Eingebung heraus eine Nachricht an seinen Bruder Eli. Dass sich alle schon sehr freuten, wenn er demnächst nach Italien kommen würde. Es kam ihm richtig vor, seinem Bruder zu schreiben. Carlo sah danach auf die Uhr. Inzwischen war es kurz vor acht Uhr abends und so beschloss er, nach Hause zu gehen. Beim Verlassen des Büros fiel sein Blick wieder auf den Schrank mit den Bildern. Und wieder kam ihm Susann in den Sinn. Ob es ihr und ihrer Tochter Emilie hier gefiel? Wenn sie heute am Strand waren, war es bestimmt sehr windig und kalt gewesen. In der Sonne war es schon recht angenehm warm, aber der Wind am Strand war noch sehr kühl und auch in der Nacht war es recht frisch.

Bestimmt sah er die beiden die nächsten Tage einmal in der Mall, dann konnte er sie ja fragen, ob sie sich wohlfühlten. Eine leise Stimme in Carlo warnte ihn allerdings: Du denkst sowieso schon sehr häufig an sie, es ist bestimmt nicht ratsam, sie öfter als nötig zu sehen. Aber schließlich musste er sich um das Wohl der Gäste kümmern, sein Interesse, ob es ihnen hier gefiel, war also rein beruflich, versuchte er sich einzureden. Und wenn er sie noch einmal sah, vielleicht konnte er sich ja dann daran erinnern, woher er Susann kannte.

Zu Hause wartete eine kleine Überraschung. Renato war schon einen Tag früher vom Gardasee zurückgekehrt. Er parkte gerade das Auto, als Carlo über die Straße ging.

»Renato, du bist schon da, das ist schön, die Jungs werden sich sehr freuen.«

»*Salve*, Carlo. Ja, es ist gerade nicht viel zu tun und ich habe mir ein paar Unterlagen mitgenommen, die ich morgen Vormittag noch durchsehen werde. Außerdem sind Papà und Mercédès wieder zurück aus ihrem Urlaub und jetzt hat er die kommenden Tage das Büro für sich. Wenn wir zu zweit da sind, fühle ich mich, als wären wir schon in der Hochsaison.« Renato schloss den Kofferraum zu, nachdem er seine Reisetasche ausgeladen hatte. »Ich muss aber sagen, es sind schon recht viele Gäste da, die meisten sind aus Deutschland und Österreich. Und wie lief es bei dir?« Carlo erzählte kurz von der Messe und dann noch von dem Anruf seines Vaters.

»Das ist doch super, dass Eli endlich einmal wieder hierherkommt. Freut mich, ich habe ihn jetzt schon länger nicht gesehen. Die Jungs freuen sich sicher auch.« Die Jungs freuten sich auch jetzt, als Renato durch die Tür kam. Filippo sprang seinem Vater in die Arme und drückte ihn fest an sich und selbst der sonst so coole Maurizio umarmte seinen Vater überschwänglich.

»Das ist eine Begrüßung! Da möchte ich doch eigentlich gar nicht mehr weggehen.« Renato war der geborene Familienmensch. Er genoss jede Minute, die er mit seinen Kindern verbrachte, und trotz seiner Verantwortung für das Liccardi Resort am Gardasee versuchte er die freie Zeit so gut es ging mit seinen Söhnen zu verbringen. Filippo reichte seinem Vater, als sie alle am Tisch saßen, feierlich das gezeichnete Bild. »Wow, ein Fisch, der sieht ja super aus, klasse gemacht, Filippo. Das Bild werde ich mir am Montag gleich ins Büro an die Pinnwand hängen.«

Als die Jungs im Bett waren, tranken Renato und Carlo noch einen Wein. Michela sah fern.

»Zieht Eli dann hier ein?«, fragte Renato, als er bereits ein Glas getrunken hatte.

»Ja, ich denke schon. Wieso? Denkst du, es kommt dann zum Streit zwischen ihm und Papà?«

»*Si*, das befürchte ich. Du musst bedenken, sie sehen sich dann jeden Tag. Aber man wird sehen. Kommt Katie auch?« Renato hatte seine Cousine Katie seit geraumer Zeit nicht mehr zu Gesicht bekommen.

»Nein, leider nicht, sie muss arbeiten, wie immer. Und frei bekommt sie sicher nicht, es ist ja doch recht spontan.«

»Erinnerst du dich noch an die Zeit, als wir Kinder waren, Carlo?«, fragte Renato plötzlich. Carlo lächelte versonnen.

»Ja, das war herrlich. In den Ferien und an den Wochenenden haben wir alle hier gelebt und jede Menge Unsinn angestellt.« Unter der Woche hatten Renato und seine Geschwister Fabio und Nicoletta mit ihren Eltern im Resort am Gardasee gewohnt, aber das Wochenende und die Ferien hatten sie alle bei ihrer Nonna verbracht. Dann hatte sich Morgan von Edmondo getrennt und vieles hatte sich verändert.

»Manchmal glaube ich, dass es noch gar nicht so lange her ist. Und dann sehe ich Maurizio und Filippo und merke, wie alt ich bin, und es erschreckt mich, wie viel Zeit vergangen ist.« Renato lächelte kurz, dann trank er einen Schluck und leerte damit sein Glas. Carlo blickte ins Leere. Was sollte er darauf sagen, ihm ging es manchmal ähnlich.

»Carlo, hör nicht auf mich, aus mir spricht vermutlich

der Wein. Ich muss mich bei Fabio und Nicoletta melden, ich habe schon seit einer gefühlten Ewigkeit nichts von den beiden gehört. Aber nun zu etwas ganz anderem, Carlo, Nonna hat mir erzählt, dass du dich in eine Urlauberin verguckt hast.« Renato war wie immer sehr direkt. Carlo, für einen Moment zu verblüfft, um etwas sagen zu können, schaute seinen Cousin irritiert an. Renato lachte.

»Du müsstest dein Gesicht sehen, Cousin. Habe ich dich jetzt gerade etwas aus der Fassung gebracht!?«

»Sie ist verheiratet«, sagte Carlo nur.

»Spielt das denn eine Rolle, Carlo? Du hast es selbst gesehen bei Franca und mir. Wir waren auch verheiratet, später mehr wegen der Kinder als wegen der Gefühle, die wir noch füreinander hatten. Und als sie sich dann zu der Entscheidung durchgerungen hatte, waren wir schneller geschieden, als du das Wort Ehescheidung auch nur aussprechen kannst.« Renato sagte dies in einem lockeren Ton, doch Carlo wusste, wie hart Renato die Scheidung von Franca getroffen hatte. Fabio, Renatos Bruder, hatte sich damals viel um die Jungs gekümmert.

»Vielleicht führt deine Urlauberin eine ähnliche Ehe?«, mutmaßte Renato.

»Ich möchte mir diese Hoffnungen gar nicht machen, sonst bin ich am Ende nur enttäuscht. Sie hat eine Tochter, Renato, ich möchte nicht, dass sich Susann durch mein Verhalten irgendwie brüskiert fühlt.«

»Ah, Susann heißt sie. Aber sicher, ich verstehe dich. Wenn Kinder im Spiel sind, dann würde ich auch vorsichtig sein. Und es stimmt schon, in der Regel führen die meisten Verheirateten glücklichere Ehen. Du machst das schon richtig.« Renato klopfte Carlo auf die Schulter.

»Ich werde jetzt ins Bett gehen, es war ein langer Tag, Carlo. *Dormi bene.*«

»Schlaf gut, mein Schatz«, sagte Susann und strich ihrer Tochter über die blonden Haare.

»Du auch, Mama, ich hab dich lieb.«

»Ich dich auch.« Susann betrachtete Emilie noch ein bisschen, als diese schon schlief. Sie wünschte sich, dass dieser Urlaub wirklich traumhaft werden würde. Emilie und sie hatten sich Pizza bei dem Restaurant in der Mall abgeholt und es hatte Susann so gutgetan, einfach nur mit ihrer Tochter am Tisch zu sitzen, zu essen und über den Tag zu sprechen. Emilie war so unbeschwert gewesen, so glücklich. Es war ein guter Start.

Susann faltete die Pizzaschachteln zusammen und legte das benutzte Besteck in die Spüle. Jetzt erst, als ihr bewusst wurde, dass sie alleine war, kam die Erinnerung an Carlo Liccardi wieder. Woher kannte sie ihn? Sie hatten sich schon einmal getroffen. Vermutlich in Deutschland, schließlich konnte der Mann fließend Deutsch. Aber wo hatten sie sich getroffen? Susann ging in ihrem Kopf die einzelnen Stationen in ihrem beruflichen Leben durch. Sie hatte eine Ausbildung zur Tourismuskauffrau gemacht. Damals hatte es noch Reiseverkehrskauffrau geheißen. Danach hatte sie in der Abendschule ihr Abitur nachgeholt und in einem Fernkurs Tourismusmanagement studiert. Aber während des Studiums konnten sie sich nicht kennengelernt haben. Später hatte sie bei ihrem zukünftigen Mann in seinem Start-up-Unternehmen angefangen. Dort hatte sie viel Zeit investiert, doch ein Signor Liccardi war ihr nicht über den Weg gelaufen. Wobei sie natürlich nicht jeden gekannt hatte. Schließlich wurden, als die Anfangszeit überstanden war, weitere Leute eingestellt, die sie alle gar nicht mehr namentlich kennengelernt hatte. Wo also war ihr Carlo Liccardi schon einmal begegnet?

3. Kapitel

»Du bist schon wach?«, fragte Susann Emilie überrascht, als diese sie am nächsten Morgen aufweckte. Sie selbst hatte gestern Abend noch längere Zeit wach gelegen und sich den Kopf darüber zerbrochen, woher sie Carlo Liccardi kannte. Irgendwann war sie darüber eingeschlafen.

»Ich habe Hunger«, sagte Emilie und schlüpfte zu ihrer Mutter unter die Decke.

»Ich auch, dann stehe ich sofort auf und mache uns Frühstück.« Susann sah auf den Wecker neben sich. Es war kurz vor neun. Normalerweise war sie eine Frühaufsteherin und konnte kaum länger als bis sieben Uhr schlafen.

»Jetzt haben wir ganz schön verschlafen.«

»Wir sind doch im Urlaub, dann müssen wir uns nicht hetzen«, sagte Emilie etwas altklug. Gestern Abend hatten sie noch schnell im *Supermercato* zwei verschiedene Müsli, Milch, einen Direktsaft und für Emilie einen Kakao gekauft. Sie frühstückten entspannt und begannen den Tag ganz gemütlich.

»Ich würde sagen, heute gehen wir richtig einkaufen«, schlug Susann kurz vor Mittag vor. Sie und Emilie machten sich auf den Weg in die Mall. Zum Mittagessen wollten sie sich einen Nudelsalat machen. Susann kaufte eine Postkarte für ihre Mutter.

»Die schreiben wir an Oma.« Emilie dachte nach. »Können wir an Tante Ingrid und an Papa auch Karten schreiben?« Eigentlich hatte Luca es nicht verdient, eine Karte zu bekommen, fand Susann, aber sie wollte Emilie nicht enttäuschen. Außerdem hatte Emilie ja recht. Schließlich waren Susann und Luca auch einmal ineinander verliebt gewesen. Sie konnte sich zwar nahezu nicht mehr an dieses Gefühl erinnern, nach den vielen Scheidungsdiskussionen waren die einzigen Gefühle, die sie mit Luca noch in Verbindung brachte, Resignation und Überdrüssigkeit. Susann fühlte sich abgekämpft, wenn sie an ihre Situation zu Hause dachte, und die wenigen verbleibenden Erinnerungen an die Liebe, die sie für ihren Ex-Mann einmal empfunden hatte, kamen ihr nur noch fremd vor. Susann hatte sich bemüht, dass die Scheidung ihr nicht zu sehr aufs Gemüt schlug, doch sie merkte selbst, dass sie in manchen Situationen viele negative und ungerechte Gedanken hatte, und das tat ihr gegenüber Emilie leid.

»Natürlich, die zwei bekommen von uns auch eine Karte, aber du suchst die Motive aus«, erwiderte Susann und hoffte, fröhlich zu klingen. Emilie ließ sich Zeit und entschied sich schließlich für zwei schöne Postkarten. Susann zahlte die Karten und kaufte noch drei Briefmarken.

»*Vorrai tre francobolli, per favore.*«

»Mama, da ist der Mann, der uns gestern vom Flughafen abgeholt hat.« Susann sah von ihrem Einkaufskorb hoch. Carlo kam direkt auf sie zu. Er sah großartig aus. Statt einem Anzug, Hemd und Krawatte wie gestern hatte er etwas Legeres an. Er trug ein weißes Poloshirt, das seine dunklen Haare und seine schönen Augen betonte, dazu eine dunkelblaue Hose und auf seinem Gesicht zeichnete sich ein Lächeln ab, das Susanns Herz berührte.

»Susann, es ist schön, Sie und Ihre Tochter wiederzusehen«, begrüßte er sie.

»*Buongiorno*, Carlo, ich dachte nicht, dass wir uns so bald wiedersehen.«

»Ich hatte es gehofft, schließlich wollte ich Sie fragen, ob Sie sich gut eingelebt haben. Gefällt Ihnen Ihr Bungalow?«

»Der Bungalow ist sehr gemütlich, klein, aber hat alles

Wichtige, was wir brauchen, und die Lage ist natürlich perfekt, zum Meer sind es nur wenige Schritte«, sagte Susann und lächelte.

»Wir waren gestern am Strand und dort haben wir eine Qualle gesehen«, verkündete Emilie. »Aber sie war leider schon tot.«

»Dann ist sie wohl an den Strand gespült worden«, erriet Carlo.

Emilie nickte und sah Carlo überrascht an. »Ja, woher weißt du das?«

»Emilie?!«, ermahnte Susann. »Du sollst Erwachsene nicht einfach duzen, das weißt du doch?!«

»Das ist schon okay.«, erwiderte Carlo schnell und an Emilie gewandt erklärte er, »ich weiß, dass gestern sehr starker Wellengang war und Quallen, die sich im seichten Wasser in Strandnähe aufhalten, haben nicht die Kraft, gegen den Sog, der sie auf den Strand zieht, anzukämpfen.«

»Ach so, das ist schade. Ich hätte gerne einmal eine lebende Qualle gesehen«, sagte Emilie. Bevor Carlo darauf etwas erwidern konnte, kamen Maurizio und Filippo angelaufen.

»Na, was ist los, *ragazzi*?«, fragte Carlo. Susann sah auf die zwei Jungs. Sind das seine Kinder?

»Im Garten auf der kleinen Steinmauer liegt eine Schlange. Du musst schnell mitkommen und die anschauen.«

»Kann Renato nicht kommen?«, fragte Carlo. Er hatte gehofft, sich noch ein bisschen mit Susann unterhalten zu können.

»Nein, er arbeitet. Bitte komm du mit«, bettelte Maurizio und nahm Carlos Hand, um ihn mitzuziehen.

»Was ist das für eine Schlange?«, fragte Emilie. Die Jungs schienen sie gerade erst wahrzunehmen.

»Das wissen wir nicht. Aber sie ist riesig groß und schwarz und hat am Kopf so gelbe Flecken«, verkündete Maurizio stolz.

»Dann ist es wahrscheinlich eine *biscia dal collare*, eine Ringelnatter«, sagte Carlo. Emilie, Maurizio und Filippo sahen Carlo verblüfft an.

»Also gut, *ragazzi*, sehen wir uns die Schlange an«, sagte Carlo.

»Wie heißt du?«, fragte Maurizio an Emilie gewandt.

»Emilie. Und du?«

»Ich heiße Maurizio und das ist mein Bruder Filippo. Möchtest du mitkommen und dir die Ringelnatter ansehen?«

»Klar.« Emilie drehte sich zu ihrer Mutter um. »Mama, ich darf doch mit, oder?«

»Ich weiß nicht.« Susann sah unsicher zu Carlo. »Wenn es doch eine giftige Schlange ist?«

»Keine Sorge, wir werden vorsichtig sein. Kommen Sie doch einfach mit.«

»Na dann«, sagte Susann nach kurzem Zögern. »Wenn ich schon so nett eingeladen werde.« Carlo nahm ihr den schweren Einkaufskorb ab und lächelte sie an.

Emilie lief mit Maurizio vorne weg. Filippo blieb erst etwas eingeschüchtert an Carlos Seite. Dann folgte er seinem Bruder und Emilie zögernd.

»Filippo ist etwas ruhiger als sein Bruder«, bemerkte Susann nach einer Weile.

»Ja, das ist er wirklich«, erwiderte Carlo. »Aber das hat auch seine Vorteile, Maurizio ist ein ziemlich lebhaftes Kind. Und manchmal denke ich, wenn beide so wären, das wäre zu anstrengend. Ich glaube, mit Maurizio haben wir schon alles durchgemacht: Er ist einmal von der Schaukel gefallen, die Folge, linker Arm gebrochen. Bei dem Versuch, freihändig Fahrrad zu fahren, hat er sich dann mal den rechten Arm gebrochen. Dann haben wir ein großes Trampolin im Garten, das hat er einmal unter einen Baum gezogen, danach ist er auf den Baum geklettert und runtergesprungen, dabei hat er sich das Schienbein gebrochen und das Handgelenk verstaucht. Ich könnte jetzt noch viele Geschichten erzählen, aber Maurizio will einfach alles ausprobieren und wir möchten ihn auch nicht die ganze Zeit in seinem Tatendrang bremsen. Manche Kinder sind so, andere sind eben ruhiger.«

Susann fand es bezaubernd, mit wie viel Liebe in der Stimme Carlo von seinen Jungs sprach. Sie konnte spüren, wie wichtig sie ihm waren. Und sie fand es schön zu sehen, dass es auch noch Väter gab, die sich um ihre Kinder sorgten und gerne Zeit mit ihnen verbrachten, selbst wenn sie selbst beruflich sehr eingespannt waren. Aber Susann war nicht entgangen, was Carlo gesagt hatte. *Wir möchten ihn nicht in seinem Tatendrang bremsen.* Wir. Das waren sicher er und die Mutter seiner Söhne. Also war Signor Liccardi sehr wahrscheinlich bereits vergeben.

Sie verließen das Resort durch den Haupteingang und gingen über die Straße auf eine traumhafte Villa zu. Durch die hellgelbe Fassade, die vielen Balkone und großen Fenster wirkte die Villa trotz ihrer Größe nicht protzig, sondern fügte sich in die italienische Landschaft mit den vereinzelten Pinien und den Feldern rund um das Anwesen malerisch ein. Eine breite, sonnenbeschienene Veranda mit Gartenstühlen und Liegen lud zum Verweilen ein. Etwas vorderhalb der Terrasse lag ein Pool mit azurblauem Wasser.

»Das ist ein wunderschönes Haus.«

»Ja, ich wohne sehr gerne hier. Die Jungs, Renato, meine Nonna Michela und mein Vater wohnen ebenfalls hier.

Meine Schwester Evelina wohnt am Wochenende in ihrem Apartment im Hotel und unter der Woche in ihrer Wohnung in Venedig und wenn uns unsere jüngste Schwester aus England besuchen kommt, zieht sie in eines unserer Gästezimmer ein. Mein jüngerer Bruder wird demnächst auch hier einziehen.« Er hatte nichts von einer Frau oder Freundin erzählt, bemerkte Susann, doch diesen Gedanken verscheuchte sie gleich wieder. Sicher war er vergeben oder war es zumindest gewesen, sonst hätte er nicht seine zwei Söhne.

»Sie haben eine recht große Familie, es muss schön sein, zusammen in einem Haus zu wohnen.« Das klang wehmütig, kam es Carlo plötzlich in den Sinn. Vielleicht wohnte sie mit ihrer Familie alleine etwas außerhalb der nächstgrößeren Stadt. Oder er hatte sich die Melancholie in ihrer Stimme nur eingebildet.

»Ich genieße es sehr, meine Familie um mich zu haben. Das stimmt.« Doch die Familie kann für mich niemals zu groß sein. Für dich und deine Tochter wäre noch Platz, dachte sich Carlo. Sie ist verheiratet, schrie eine Stimme in ihm. Carlo schüttelte den Kopf, er musste aufpassen, sonst würde er seine Gefühle in Worte fassen.

»Mal sehen, ob die Ringelnatter noch da ist«, wechselte Carlo schnell das Thema, bevor er nicht mehr wusste, warum sie überhaupt hier im Garten standen. Emilie und Filippo sahen Carlo mit großen Augen an. Maurizio zeigte auf eine kleine Steinmauer, die ein Hochbeet begrenzte und komplett in der Sonne lag. Susann hatte sich neben die Kinder gestellt, doch auch sie konnte erkennen, dass es sich bei der Schlange unverkennbar um eine Ringelnatter handelte. Der anthrazitfarbene Körper mit hin und wieder dunkleren Stellen und den fahlgelblichen Halbmonden am Kopf.

»Sieht aus, als würde sie sich hier sonnen«, bemerkte Emilie.

»Da hast du recht, Emilie. Du siehst ja, wie flach sie auf den Steinen liegt. Ringelnattern sind tagaktiv und regulieren ihre Temperatur, indem sie sonnige oder schattige Bereiche aufsuchen. Vor allem nach der Überwinterung brauchen die Tiere meist viel Sonne. Also stört sie am besten nicht.«

Filippo und Emilie nickten und schauten noch immer ehrfurchtsvoll auf die Schlange. Maurizio schien enttäuscht zu sein.

»Ich dachte, wir können sie vielleicht anfassen.«

»Nein, Maurizio, das lässt du schön bleiben. Auch wenn Ringelnattern keine Giftschlangen sind, können sie beißen, wenn man ihnen zu nahe kommt, und du willst sie doch nicht für immer aus dem Garten vertreiben, oder? Dann siehst du sie nicht mehr, weil sie sich einen ruhigeren Platz gesucht hat.«

»Das wäre schade«, gab Maurizio widerwillig zu, vertreiben wollte er die Schlange wirklich nicht.

»Übernächste Woche gibt es eine Exkursion speziell für Kinder in die angrenzende Lagunenlandschaft um das Resort. Maurizio ist auf jeden Fall mit dabei. Wenn du Lust hast, Emilie, kannst du gerne auch mitmachen«, schlug Carlo vor. Emilie nickte begeistert und auch Maurizio schien recht glücklich bei dem Gedanken, dass Emilie bei der Exkursion teilnahm. Emilie ging mit Maurizio, nachdem sie die Ringelnatter ausgiebig betrachtet hatten, zum Pool.

»Emilie, ich habe zu Weihnachten ein ferngesteuertes Boot bekommen, das kann man im Pool schwimmen lassen, willst du das sehen?«

»Darf ich dann auch fahren?«, fragte Emilie nach. Susann musste über ihre Tochter lächeln und auch Carlo grinste. »Sie stellt definitiv schon die richtigen Fragen.«

Maurizio hatte kurz überlegt. »Ja, okay, du darfst auch mal steuern.« Und schon lief er in sein Zimmer, um das Boot zu holen.

»Susann, eine Frage hätte ich«, begann Carlo, »hätten Sie etwas dagegen, wenn wir uns duzen, aber nur, wenn es Ihnen recht ist?« Er wusste, dass es vielleicht nicht richtig war, dass es ihm dann viel schwerer fallen würde, Susann, nachdem sie wieder abgereist war, zu vergessen, aber was machte das schon. Es würde so oder so schwer werden. Susann schenkte ihm ihr umwerfendes Lächeln.

»Wir können uns gerne duzen, Carlo.« Sie gab ihm ihre Hand und er strich kurz mit seinem Daumen über ihren Handrücken. Er konnte die Anziehung, die zwischen ihnen herrschte, fast greifen. Er betrachtete Susann und sie sah ihn an.

»Denkst du auch darüber nach, woher wir uns kennen?«, fragte Susann. Carlo nickte.

»Aber ich komme nicht darauf«, gab Carlo schließlich zu.

»Ich kann dir ja mal sagen, wo ich während der letzten Jahre überall war, und vielleicht finden wir so raus, woher wir uns kennen«, schlug Susann vor.

»Wir können es gerne versuchen.« Carlo und Susann setzten sich an den Tisch auf der Terrasse.

»Hast du eigentlich etwas gekauft, das in den Kühlschrank muss?«, fragte Carlo zur Sicherheit nach.

»Nein, das kann gerne alles in der Tasche bleiben. Die Nudeln und das Gemüse werden wir uns sowieso heute, sobald wir im Bungalow sind, zubereiten.«

»Okay, dann schieß mal los«, sagte Carlo.

»Ich habe meine Ausbildung in einem Reisebüro in Bielefeld gemacht, dann habe ich mehrere Jahre in einem Hotel in Bielefeld gearbeitet, im *Schwarzen Adler*. Warst du da schon einmal?«, fragte Susann.

»Nein, ich war zwar schon einmal in Bielefeld, aber das Hotel kenne ich nicht.«

»Danach habe ich in der Firma meines Mannes angefangen, die er damals neu gegründet hatte, und dort war ich dann die längste Zeit meines Lebens. Die Firma ist in Hannover und heißt *Historytravel Hannover*. Dann habe ich noch mein Abitur nachgeholt und ein Fernstudium gemacht. Und nach der Geburt von Emilie war ich zu Hause.« Obwohl ich lieber in Teilzeit weitergearbeitet hätte, dachte sich Susann.

»*Historytravel Hannover*, der Name sagt mir etwas. Werden dort nicht spezielle Reiseangebote ausgearbeitet, zu bestimmten Orten und Plätzen der Geschichte?«

»Richtig, und es gibt auch noch Möglichkeiten für jeden Gast, individuelle Ausflüge zusätzlich zu buchen. Wenn beispielsweise jemand ein Fan eines bestimmten Autors ist, können dann Reisen zu speziellen Sehenswürdigkeiten oder Stationen im Leben des Autors hinzugebucht werden. Für England werden Jane-Austen-Reisen angeboten. Ein Highlight für viele Frauen.«

»Das glaube ich gerne«, sagte Carlo und lächelte. »Leider wissen wir immer noch nicht, woher wir uns kennen.« Inzwischen hatte Maurizio sein Boot geholt und er und Emilie steuerten abwechselnd das kleine Boot über die Wasseroberfläche des Pools.

»Ich wusste gar nicht, dass du Besuch hast, Carlo«, sagte eine Stimme hinter ihm. Michela war auf die Terrasse getreten.

»Verzeihung, ich mache euch gerne bekannt. Nonna, das ist Susann Haas, sie und ihre Tochter Emilie machen für vier Wochen Urlaub im Resort.« Und an Susann gewandt sagte er: »Susann, darf ich dir meine Nonna Michela Liccardi vorstellen, die Gründerin der Liccardi Resortgruppe und beste Köchin von ganz Veneto.« Susann lächelte und gab Michela die Hand.

»Carlo, du bist ein alter Charmeur«, sagte Michela und mit einem Augenzwinkern an Susann gewandt ergänzte sie, »er übertreibt, glauben Sie ihm nicht alles.« Susann lachte hell auf und Carlo musste ebenfalls lächeln. Susanns Lachen war ansteckend.

»Na dann bin ich vorgewarnt, ich werde mich vorsehen.«

»Möchten Sie einen Kaffee und vielleicht einen Kuchen dazu?«, fragte Michela.

»Nein, danke, wir wollten eigentlich gar nicht so lange bleiben«, erwiderte Susann und sah sich nach ihrer Tochter um.

»Emilie, Schatz. Wie lange willst du noch spielen? Wir wollten uns noch etwas zu essen machen.«

»Ich komme gleich, Mama, noch zehn Minuten, bitte.«

»In Ordnung«, gab Susann nach.

Während Susann nach Emilie gerufen hatte, hatte Michela die Chance genutzt und Carlo ein schnelles: »Ist sie das?« zugeflüstert. Carlo nickte fast unmerklich.

»Möchten Sie einen Espresso?«, fragte Michela. Susann stimmte dankend zu. Sie sah zu Carlo und bemerkte, dass er sie still beobachtet hatte, während sie mit Michela sprach.

»Ich möchte Ihnen aber keine Umstände bereiten«, fügte Susann noch hinzu.

»Das ist doch kein Umstand, meine Liebe«, entgegnete Michela sofort. »Es ist schön, dass Sie hier sind.«

»Soll ich dir helfen?«, bot Carlo seiner Nonna an.

»Nein, du bleibst schön hier und unterhältst dich mit unserem Gast.« Carlo sah seine Nonna fragend an.

»Ich hoffe, es stört euch nicht, wenn ich nicht bleibe, aber ich habe noch einen Termin.« Michela zwinkerte Carlo verschwörerisch zu und verschwand wieder im Haus.

»Habe ich das vorhin richtig verstanden, deine Nonna wohnt hier, die Jungs und auch deine Eltern?«, fragte Susann nach.

»Nur mein Vater, meine Mutter starb vor vielen Jahren bei einem Flugzeugabsturz.«

»Oh, das tut mir leid.«

»Danke. Es ist aber schon sehr lange her, ich war damals vier Jahre alt und meine Schwester Evelina war erst ein Jahr.«

»Das muss furchtbar gewesen sein, für euch und für deinen Vater.«

»Das war es wirklich. Mein Vater hat danach nicht wieder geheiratet. Vier Jahre nach dem Tod meiner Mutter war er mit einer Engländerin zusammen. Aber wie gesagt, geheiratet haben sie nie. Und nach drei Jahren haben sie sich dann wieder getrennt.«

»Hast du noch Kontakt zu deiner Stiefmutter?«

»Wir telefonieren häufig miteinander. Morgan ist eine großartige Frau und auch wenn sie nie wie eine Mutter für mich war, so schätze ich ihre Freundschaft sehr. Wir sehen uns eigentlich viel zu selten, nur zu runden Geburtstagen. Ich habe auch noch zwei jüngere Geschwister, aus der Beziehung von meinem Vater zu Morgan. Aber sie sind, nachdem sich die zwei getrennt haben, mit nach London gegangen.«

Carlo spürte, dass er ihr viel von sich erzählte. »Hast du noch Geschwister?«, erkundigte er sich nun.

»Ja, meine ältere Schwester Ingrid. Sie wollte in diesen Urlaub auch erst mitkommen, doch sie hat nicht freibekommen. Sie arbeitet in einem Krankenhaus und zurzeit sind sie dort sehr unterbesetzt.«

»Ich weiß, was du meinst, meine Schwester Evelina arbeitet auch in einem Krankenhaus, und dort herrscht ständig Personalmangel.«

Michela kam mit den Espressi und mehreren Cantuccini in einer Schale, die sie auf den Tisch stellte.

»Hm, Cantuccini, da muss ich jetzt doch zugreifen, dafür könnte ich einen Mord begehen«, gab Susann zu und nahm sich zwei Stück des Mandelgebäcks.

»Na, ich hoffe, es wird nie nötig sein, dass du einen Mord dafür begehen musst«, bemerkte Carlo lächelnd.

»Die sind noch viel besser als die zu Hause.« Susann schloss genussvoll die Augen. »Backt die deine Nonna selber?«

»Die habe ich gebacken. Es ist gar nicht so schwer.« Carlo fühlte, dass er durch ihr Lob fast über dem Boden schwebte vor Glück.

»Seien Sie vorsichtig, Signor Liccardi, sonst bekommen Sie mich nie wieder los«, erwiderte Susann neckend und nahm sich noch zwei Cantuccini. Sicher, es war nur so dahingesagt, doch Susann merkte plötzlich, wie herrlich sich dieser Gedanke anfühlte.

Dagegen hätte ich absolut nichts einzuwenden, dachte sich Carlo sofort. Bleib für immer hier, hier bei mir. Susann knabberte genussvoll an dem Gebäck und nippte am Espresso. Gab es etwas Schöneres, als hier zu sitzen?! Emilie spielte mit Maurizio. Ihr gegenüber saß Carlo Liccardi und sah nicht nur attraktiver aus als jeder Mann, den sie jemals kennengelernt hatte, nein, er war auch noch nett, ein Gentleman, konnte mit Kindern umgehen und buk himmlisch schmeckende Cantuccini. Hätte Susann sich ihren Traummann ausmalen müssen, er hätte nicht annähernd an Carlo herangereicht. Aber es war doch albern. Sie hatte sich nach ihrer Scheidung vorgenommen, in nächster Zeit keine engere Beziehung zu einem Mann aufzubauen, schon alleine wegen Emilie. Es war schwer genug für ihre Tochter zu verstehen, dass sich ihr Vater nicht genügend für sie interessierte, um sie nach der Scheidung noch regelmäßig zu sehen. Einen neuen Mann in ihrem Leben wollte Susann Emilie nicht auch noch zumuten. Daran konnte auch ein Traummann wie Carlo Liccardi nichts ändern. Außerdem, nur weil Carlo nichts von einer Frau gesagt hatte, bedeutete es ja nicht, dass er ungebunden war. Er hatte bestimmt die freie Auswahl bei der Damenwelt. Sicher lagen sie ihm von Südtirol bis Sizilien zu Füßen.

»An was denkst du gerade?«, fragte Carlo sie. Nein, darauf konnte sie ihm nun wirklich keine ehrliche Antwort geben!

»Dass ich mir von dir wohl das Cantuccini-Rezept geben lassen sollte, damit ich zu Hause auch noch etwas davon habe.« Susann trank ihren Espresso aus und stand auf. Carlo stand ebenfalls sofort auf.

»Wenn ich dir das Rezept nicht gebe, würdest du dann bleiben?«, fragte Carlo galant.

»Nein, eher würde ich dich bitten, alle vier Wochen bei mir vorbeizukommen, um mir welche zu backen.« Liebend gerne, dachte sich Carlo, sagte aber nichts weiter dazu.

»So, nun ist es aber wirklich Zeit, dass wir gehen«, sagte sie zu Carlo und drehte sich dann zu ihrer Tochter um. »Emilie, komm, jetzt gehen wir.«

»Aber Mama, nur noch ein paar Minuten.«

»Emilie, die zehn Minuten, um die du mich vorhin gebeten hast, sind jetzt wirklich um. Sag *ciao*, ihr könnt gerne an einem der nächsten Tage wieder mit dem Boot fahren, aber jetzt gehen wir heim und machen etwas zu essen.«

»Na gut«, gab Emilie nach. Sie gab Maurizio die Fernbedienung des Boots zurück und verabschiedete sich von ihm und seinem kleinen Bruder Filippo.

»Danke für die schöne Unterhaltung. Uns fällt sicher noch ein, woher wir zwei uns kennen«, sagte Carlo zu Susann und lächelte. Susann strahlte zurück. Carlo fühlte, wie sein Herzschlag sich beschleunigte.

»Das glaube ich auch«, erwiderte Susann, »sag deiner Nonna vielen Dank für den Espresso und danke für die Cantuccini.«

Carlo nickte, unfähig im Moment zu sprechen. Es deprimierte ihn, dass Susann mit ihrer Tochter nun ging. Wie gerne hätte er sich weiter mit ihr unterhalten und auch Emilie verstand sich sehr gut mit Maurizio, sicher hätten sich die beiden gefreut, noch weiter zusammen zu spielen.

»Bis irgendwann in den nächsten Tagen, hoffe ich«, sagte Susann ehrlich und Carlo meinte in ihrem Gesicht ebenfalls zu erkennen, dass sie ihn gerne wiedersehen wollte. Aber es war lächerlich, sie war verheiratet. Und damit *basta!*

Carlo nickte daher nur, schüttelte Susann herzlich die Hand und erwiderte: »Das hoffe ich auch.«

Der blumige Duft ihres Parfums hing noch in der Luft, da war Susann schon mit Emilie durch das Gartentor Richtung Resort verschwunden.

»War das Susann?«, hörte Carlo hinter sich eine Stimme fragen. Carlo drehte sich um und sah sich Renato gegenüber, der ihn nachdenklich musterte.

»Ja, das war sie.« Carlo wich dem Blick seines Cousins aus.

»Carlo, ich kenne dich gut genug, es hat dich ganz schön erwischt, oder? Ich dachte, du wolltest ihr lieber aus dem Weg gehen?!«

»Ja, das wollte ich auch, aber ...«, fing Carlo an, doch er wusste nicht recht, wie er den Satz beenden sollte. Aber als ich sie in der Mall gesehen habe, musste ich mit ihr sprechen, weil es das einzig Richtige zu sein schien, wollte er gerne sagen, doch er konnte nicht.

»Ich wollte lediglich wissen, wie es ihr und Emilie hier gefällt, das ist alles. Von jetzt an werde ich mich von Susann fernhalten.« Carlo hatte kurz vergessen, was er vorgehabt hatte, doch nun war es ihm wieder eingefallen. Er wollte in sein Büro und musste dort noch ein paar Dinge erledigen. Seine Schwester Evelina wollte vielleicht schon heute Abend vorbeikommen. Sie wohnte unter der Woche in Venedig und arbeitete in Mestre in der Verwaltung eines Krankenhauses. Am Wochenende war sie häufig im Resort und wohnte dann in ihrer kleinen Wohnung im Resorthotel. Außer sie wurde im Krankenhaus gebraucht. Wenn es die Arbeit zuließ, wollte sie diese Woche schon Donnerstagabend kommen. Sollte er seiner Schwester von Susann erzählen? Carlo war noch unschlüssig.

Susann war mit Emilie nach dem verspäteten Essen zum Leuchtturm aufgebrochen. Der Leuchtturm befand sich am Ende auf einer Landzunge, die aufs Meer hinausragte, und war aus hellem Stein erbaut. Dieser Anblick, der hohe Turm aus Stein vor dem türkisblauen Meer und die Wellen, die an den Strand schlugen, war beruhigend. Susann schloss kurz die Augen. Das Treffen mit Carlo war unglaublich schön gewesen, Susann sah sein Gesicht, sobald sie die Augen schloss, so nah vor sich, dass sie das Gefühl hatte, sie müsste nur die Hände ausstrecken und dann könnte sie ihn berühren. Eine kühle Windböe fegte über die Landzunge und brachte Susann aus ihrem Tagtraum zurück auf die Erde, doch noch immer hatte sie das Gefühl zu schweben. Ihr Herz fühlte sich so leicht an, wenn sie an Carlo dachte. Nach Luca hatte sie Bedenken gehabt, nie wieder etwas für einen Mann empfinden zu können. Doch nun war sie überrascht und verunsichert zugleich, wie sehr sie es genoss, mit Carlo zu reden. Emilie war schon bis zum Leuchtturm vorgelaufen.

»Das ist *San Manuele*, Mama, das hat Maurizio erzählt, der Leuchtturm heißt genauso wie sein Opa!«, rief Emilie. Susann zückte ihre Digitalkamera und machte ein Foto von ihrer Tochter, die vor dem Leuchtturm stand. An Carlos Söhne hatte Susann in ihren Tagtraum gar nicht mehr gedacht. Carlo war scheinbar nicht verheiratet, sonst hätte er von seiner Frau gesprochen. Doch vielleicht hatte er eine Freundin, die musste ja schließlich nicht bei ihm wohnen. Oder er war verwitwet oder geschieden wie sie. In jedem Fall aber wäre es vernünftiger, sich nicht in irgendwelche Tagträume zu flüchten, die nichts mit der Realität zu tun hatten! Susann sah zu Emilie. Begeistert blickte ihre kleine Tochter auf das Meer und genoss den Wind, der ihr durch die blonden, langen Haare wehte. Es war auch ihr gegenüber nicht fair. Nachdem sich Luca nun aus Emilies und ihrem Leben gestohlen hatte, brauchte ihre Tochter sie umso mehr. Susann nickte einmal wie zur Bekräftigung.

»Emilie, Schatz, komm, wir gehen einmal um den Leuchtturm herum.«

»Mein großer Bruder arbeitet heute wohl die ganze Nacht?«, hörte Carlo eine Stimme an seiner Bürotür.

»Evi, *sorellina*, schön, dass du hier bist. Mir ist etwas eingefallen und jetzt habe ich damit begonnen, es auszuarbeiten. Ich habe gar nicht bemerkt, wie schnell die Zeit vergangen ist.«

»Ah, ach so, jetzt hätte ich gedacht, du hast etwas anderes, an das du denkst, oder sollte ich besser sagen, jemand anderen?!«

»Von wem weißt du ...?«, begann Carlo verblüfft.

»Von Nonna und Renato. Ich war kurz zu Hause, weil ich dachte, du bist schon daheim, außerdem hatte ich Hunger und bei Nonna gibt es immer etwas Gutes.«

So viel zu der Entscheidung, ob er seiner Schwester von Susann erzählen sollte. Das hatte sich nun erledigt.

»Renato und Nonna haben mir noch gar nicht so viel erzählt. Sie meinten, ich sollte dich fragen. Alles, was ich weiß, ist, dass sie Susann heißt, aus Deutschland kommt, eine Tochter hat, die etwa in Maurizios Alter ist, sie wohl verheiratet ist und dir ordentlich den Kopf verdreht hat.«

»Damit weißt du eigentlich schon alles«, entgegnete Carlo knapp und schaltete seinen PC aus. Das, was er angefangen hatte, konnte er auch morgen oder in den kommenden Tagen erledigen.

»Du bist also tatsächlich verliebt?! Du?«, fragte Evelina erstaunt.

»Nein! Ich meine, ja, Susann gefällt mir sehr gut und sie ist eine großartige Frau, aber sie ist verheiratet, ich sollte nicht, ich darf nicht, also, es ist einfach nicht in Ordnung, dass ich mich verlieben würde«, stammelte Carlo. Evelina sah ihn belustigt an.

»Dich hat es ja tatsächlich viel mehr erwischt, als ich dachte. *Cielo!* Ich dachte, Nonna und Renato übertreiben maßlos, aber da hatten sie tatsächlich recht.« Evelina konnte sich nicht erinnern, dass sie ihren großen Bruder schon einmal so verliebt gesehen hatte. Carlos letzte längere Beziehung war nun schon drei Jahre her. Er war damals mit Gianna zusammen gewesen. Gianna und er hatten sich gut verstanden, doch so richtig verliebt war Evelina ihr Bruder nie vorgekommen. Gianna und Carlo hatten dieselben Interessen geteilt und waren auch von ihrem Temperament ähnlich gewesen. Beide eher rational und wenig spontan. Nach fünf Jahren Beziehung hatten sich Gianna und Carlo schließlich einvernehmlich getrennt, nachdem sie gemerkt hatten, dass die Luft einfach raus war. Inzwischen hatte Gianna ein Kind, das zweite würde sicher noch folgen, und lebte mit ihrem Mann, einem gebürtigen Sarden, auf Sardinien. Zusammen betrieben sie in einem Küstenörtchen ein Café mit einem herrlichen Ausblick aufs Meer.

Wer war diese Susann, dass sie Carlo so durcheinanderbrachte? Evelina war gespannt und hoffte, diese Frau bald einmal kennenzulernen.

»Auch wenn ich im Begriff bin, mich zu verlieben, es hat keinen Sinn. Susann ist verheiratet und hat eine Tochter, und damit *basta*.« Carlo hielt Evelina die Tür auf.

»Das hat Renato auch schon gesagt. Du bist dir aber sicher, dass Susann verheiratet ist, oder?«

»Ja, ich bin mir sicher.«

Carlo schaltete das Licht im Büro aus.

4. Kapitel

»Evi, ich habe dir gestern ja noch gar nicht die Neuigkeit erzählt«, verkündete Carlo. Es war Freitagvormittag und Carlo hatte sich seine Jacke und die Autoschlüssel geschnappt.

»Papà fliegt heute zurück, ich weiß«, sagte Evelina und begleitete Carlo zur Garage.

»Das auch, aber rate mal, wer sich entschlossen hat, endlich mal wieder nach Italien zu kommen?«

Zufrieden beobachtete Carlo, wie Evelina kurz nachdachte und schließlich zu lächeln begann.

»Eli hat sich endlich überzeugen lassen, hierherzuziehen?«, fragte Evelina.

»*Si*, ich weiß aber noch nicht, wann er kommt und wie lange er bleibt, aber wie du Nonna kennst, wird sie ihren *tesoro* nicht mehr so schnell gehen lassen.«

»Kommt Katie auch?«, fragte Evelina.

»Nein, leider nicht, sie muss arbeiten.«

»Wie immer, ach, es wäre so schön gewesen, wenn wir alle wieder hier wären, die ganze Familie zusammen.«

»Das würde mir auch gefallen, aber vielleicht ist damit schon ein Anfang getan, dass Eli hierherzieht. Morgan und Katie kommen dann zumindest an Weihnachten und Ostern, das wäre wirklich ein Anfang.«

Carlo stieg ins Auto. »Jetzt ist mir gerade noch etwas eingefallen«, erwiderte Evelina, als Carlo das Fenster heruntergelassen hatte. Sie wirkte plötzlich sorgenvoll. »Glaubst du, es wäre besser, Eli nimmt meine Wohnung hier im Hotel und ich wohne übers Wochenende bei euch?«

»Ach so, du denkst wegen Papà, dass Eli und er sich hier ständig in die Haare kriegen?«

»Das befürchte ich, du kennst die zwei ja, einer sturer als der andere und aus jedem Satz entsteht ein Streit.«

Carlo dachte kurz nach. Evelina hatte ja recht, genauso wie Renato.

»Evi, machen wir es doch so, ich rede jetzt gleich mit Papà. Ich hole ihn ab, auf der Rückfahrt kann er mir nicht ausweichen.«

»Genau, das wird das Beste sein. Wirst du Papà von Susann erzählen?«, entgegnete Evelina feixend.

Carlo schloss das Fenster und tat so, als hätte er den letzten Satz nicht gehört. Nein, eigentlich hatte er nicht vor, seinem Vater von Susann zu erzählen. Sein Plan war es, weniger an Susann zu denken, es war unvernünftig, sich vorzustellen, dass er mit ihr zusammen war. Schon genügend Leute wussten von Susann, da musste er nicht auch noch seinem Vater von ihr erzählen. Sein Vater würde dieser ganzen Geschichte viel zu viel Aufmerksamkeit zollen und in Gedanken schon bei der nächsten Generation der Liccardis sein. Er hatte schon einmal den Satz fallen lassen, dass es ihm nichts ausmachen würde, in nächster Zeit endlich Opa zu werden.

Carlo steuerte das Auto auf die Hauptstraße Richtung Ca´Sogno. Nachdem er Ca´Sogno hinter sich gelassen hatte, nahm er die Schnellstraße Richtung Venedig und weiter zum Flughafen Marco Polo. Er kannte die Strecke in- und auswendig. Das letzte Mal, als er hier unterwegs war, hatte Susann hinter ihm im Auto gesessen. Carlo musste zugeben, dass er sehr viel an Susann dachte. Er sah ihr Lächeln, ihre Art, wie sie sich die schulterlangen, blonden Haare hinter die Ohren schob, und ihre strahlend blau-grünen Augen so real vor sich, als wäre sie jeden Moment des Tages an seiner Seite. Es war erschreckend, welchen Einfluss diese schöne Frau auf ihn hatte.

Ihr Mann konnte sich wirklich glücklich schätzen. Vor allem Emilie war ein nettes und kluges Mädchen. Carlo hätte viel dafür gegeben, eine Tochter wie sie zu haben. Er kannte Herrn Haas nicht, aber der Kerl war wirklich zu beneiden.

Carlo erreichte das Flughafengelände. Es war recht viel los, obwohl die Hauptreisezeit noch nicht begonnen hatte und auch keine Ferien waren. Doch schon bald fand er einen Parkplatz.

Carlo ging in die Ankunftshalle und wartete auf seinen Vater. Der Flieger war noch nicht gelandet. Wie immer bin ich zu früh, dachte sich Carlo und sah auf sein Handy. Kein entgangener Anruf. Aber er hatte eine Nachricht von Eli bekommen. *Ciao Carlo, danke für deine Nachricht, wir sehen uns dann nächsten Freitag.* Carlo lächelte, er hatte noch nicht sicher geglaubt, dass Eli auch kam, bis er es nun schwarz auf weiß las. *Perfettamente! A che ora vieni?* Perfekt! Um wie viel Uhr kommst du?, schrieb Carlo gleich zurück. Selten war Carlo so hin- und hergerissen zwischen Freude und Skepsis. Auf der einen Seite freute er sich, dass sein Bruder nun nach Italien kam, doch es war leider zu befürchten, dass er und Edmondo sich in die Haare bekamen. Er musste mit seinem Vater sprechen, noch bevor Eli ankam. Carlo sah auf die Anzeigetafel in der Ankunftshalle. Der Flieger aus England war gelandet.

Nach weiteren 25 Minuten sah Carlo seinen Vater. Er hatte nur einen sehr kleinen Koffer dabei gehabt. Lange hatte er in England nicht bleiben wollen.

»Papà!«, rief Carlo und winkte seinem Vater zu. Edmondo und er umarmten sich herzlich, dann gingen sie zum Auto.

»Carlo, jetzt erzähl mal genau von der Messe. Wie ist es gelaufen?«, fragte Edmondo, sobald sie im Auto saßen.

Carlo merkte, dass er jetzt lieber über Eli gesprochen hätte. Doch sein Vater war erpicht darauf, zu erfahren, wie es auf der Messe gewesen war, davon würde er ihn nicht abbringen können. Carlo schilderte also seine Eindrücke und erzählte von den Gästen, die sich persönlich nach seinem Vater erkundigt hatten. Sie waren fast schon auf der Höhe von Ca´Sogno, als Carlo schließlich seine Erzählung von der Messe unterbrach.

»Über die Messe können wir doch auch später noch sprechen. Eli hat mir eine Nachricht geschrieben. Er kommt nächsten Freitag.«

»So, das ist doch wunderbar«, sagte Edmondo und sah aus dem Fenster.

»Papà, Evi und ich machen uns Sorgen, dass du und Eli aneinandergeraten werdet. So wie früher«, sprach Carlo es offen aus. »Könntest du bitte versuchen, nicht alles, was er sagt, auf die Goldwaage zu legen?«, fragte Carlo. Er hatte versucht, nicht zu vorwurfsvoll zu klingen.

»Keine Sorge, ich werde ihn zu nichts drängen. Mir ist schon bewusst, dass Eli und ich uns nicht sehr nahestehen. Aber ich glaube schon, dass es ihm guttun wird, wieder hier zu sein. Vielleicht findet er hier im Resort eine neue Beschäftigung, das wäre doch großartig«, sagte Edmondo und sah Carlo von der Seite an.

»Ganz ehrlich, ich glaube nicht, dass Eli sich hier groß einbringen will. Er fühlt sich hier wohl, das glaube ich auch, aber bestimmt hat er kein Interesse, am Tagesgeschäft mitzuarbeiten.«

»Vielleicht ja doch, er ist schließlich ein junger Mann. Jeden Tag nur planlos in seinem Zimmer herumzusitzen, das ist sicher nicht das Richtige für ihn.«

»Da stimme ich dir zu, Papà, aber Eli kann vielleicht zurzeit nicht anders.«

»Ihm fehlt nur ein kleiner Schubs in die richtige Richtung, das bekommen wir schon hin«, sagte Edmondo.

»Papà, das ist nicht das, was Eli braucht und was er will. Und wir beide sind bestimmt nicht die richtigen Menschen, die ihm diesen Schubs geben sollten«, entgegnete Carlo bestimmt, doch Edmondo sah bereits wieder schweigend in Gedanken versunken aus dem Fenster. Sie waren beim Resort angelangt und Carlo hatte das Gefühl, dass er nichts erreicht hatte. Er befürchtete, dass sein Vater schon wieder Pläne für Eli im Kopf hatte, von denen sein jüngerer Bruder bestimmt nicht begeistert sein würde.

Evelina erwartete sie bereits. »Papà, schön dich zu sehen, komm, setz dich erst einmal und lass uns einen Kaffee trinken.«

Carlo trug seinem Vater den Koffer in dessen Schlafzimmer. Danach ging er nicht sofort auf die Terrasse, wo bereits der Kaffee aufgetragen wurde, sondern ins Gästezimmer. Zuerst wollten sie Eli hier einquartieren, doch nach dem Gespräch mit seinem Vater war sich Carlo nicht mehr sicher, ob dies die perfekte Lösung war. Direkt nach Elis Motorradunfall waren Carlo, Evelina und Edmondo nach England geflogen. Nach der langen Operation war Eli in ein künstliches Koma versetzt worden, aus dem er erst drei Monate später wieder aufgewacht war. Carlo und Eli hatten sich vor dem Unfall nicht sehr nahegestanden und die Distanz war, auch nachdem Eli wieder bei Bewusstsein gewesen war, immer noch spürbar gewesen. Während die anderen aus der Familie wieder angefangen hatten, langsam zur Normalität des Alltags zurückzufinden, war Carlo an der Seite seines Bruders geblieben. In der Zeit, als Eli im Koma lag, hatte Carlo es übernommen, sich um alles zu kümmern, die Post, die Konten. Dabei war es für Carlo gewesen, als würde er seinen Bruder wieder besser kennenlernen, doch sie beide wussten, wie viel zwischen ihnen vorgefallen war, und so hatte Carlo in manchen Momenten die Bedenken, dass die Beziehung zu Eli auch wieder schlechter werden könnte.

»Carlo, möchtest du einen Kaffee?«, riefen Michela und Evelina gleichzeitig von unten. Ihr Lachen, das gleich darauf folgte, weil sie gleichzeitig nach ihm gerufen hatten, drang bis zu ihm hoch. Vielleicht malte er auch nur den Teufel an die Wand, vielleicht würde es doch harmonischer werden und er ging nur vom Schlimmsten aus. Carlo sah sich noch einmal in dem Zimmer um und schloss dann die Tür.

»Ja, danke. Ich komme schon.«

»Wie geht es Katie, arbeitet sie immer noch so viel?«, fragte Michela, als sie beim Kaffee saßen und Edmondo gerade von dem Ausflug mit Katie nach Kew erzählte. Evelina und auch Carlo waren enttäuscht, dass Katie nicht mit Eli nach Italien kam und sich ein paar Tage frei nehmen konnte.

»Ihr geht es ganz gut. Ihre Arbeit macht ihr zwar keinen Spaß, aber ihr kennt sie ja, was sie sich vornimmt, wird immer perfekt erledigt und sie würde niemals kündigen.«

»Ich finde, diese Arbeit bei der Zeitung lässt ihr kaum noch Freizeit. Das letzte Mal habe ich sie Ende Januar gesehen und da auch nur für ein paar Stunden. Meine Schwester nur alle vier bis sechs Monate zu sehen und dann nur für wenige Stunden, das ist zu wenig«, sagte Evelina gerade und nahm ihr Smartphone mit dem Terminkalender aus der Tasche. »Wenn ich das nächste Mal Urlaub habe, werde ich sie besuchen.«

»So wie ich sie verstanden habe, möchte Katie Ende Mai oder Anfang Juni für ein paar Tage vorbeikommen.«

»Wirklich!?«, fragte Evelina freudig überrascht. »Ich rufe sie am Abend gleich an und werde auf sie einreden, dass sie diesen Plan ja nicht wegen der Arbeit wieder fallen lässt.«

Carlo nahm sich ebenfalls vor, wieder einmal mit seiner jüngsten Schwester zu telefonieren.

»Und Morgan? Wie geht es ihr?«, fragte Michela. Diese Frage hatte Carlo ebenfalls auf der Zunge gelegen. Er mochte seine Stiefmutter sehr gerne, doch hätte Carlo diese Frage gestellt, war nicht auszuschließen, dass Edmondo nicht darauf geantwortet hätte. Bei seiner Mutter Michela wagte er es nicht.

»Sie hat sich wieder ganz gut gefangen«, war Edmondos knappe Antwort. Der Motorradunfall ihres Sohnes war für Morgan ein Schock gewesen und Carlo hatte damals, während Eli im Koma gelegen hatte, das Gefühl gehabt, dass er nicht nur für seine Schwestern stark sein musste, sondern auch für seine Stiefmutter. Morgan hätte gerne ihre Sorgen und Ängste mit Edmondo geteilt, schließlich war Eli ihrer beider Sohn, doch Edmondo hatte sich, wie er es immer tat, wenn ihn etwas belastete, tief in sich zurückgezogen. Er war abweisend gewesen und hatte mit fast niemandem gesprochen. Carlo war zu der Zeit nichts anderes übrig geblieben. Er war für seine Schwestern, für seine Stiefmutter, aber auch für seine Nonna Michela die starke Schulter gewesen, an der sich alle anlehnen konnten. Nachdem sich Elis Zustand auch nach mehreren Wochen im Koma kaum gebessert hatte, war Renato nach London gekommen. Carlo konnte sich noch gut daran erinnern.

»Wie geht's dir?«, war Renatos erste Frage gewesen und Carlo hatte geantwortet: »Gut. Die Ärzte wissen noch nichts Neues, aber ...« Er hatte Renatos Frage damals gar nicht wirklich gehört. Die Fragen der anderen bezogen sich immer auf Elis aktuellen Gesundheitszustand, was Carlo verstehen konnte. Aber während er im Krankenhaus die Zeit verbracht hatte, war ihm nicht aufgefallen, wie müde und ausgelaugt er damals gewesen war. Das war Renato sofort aufgefallen, denn er hatte schließlich nur genickt und gesagt: »In Ordnung, Carlo. Aber wie geht's dir? Wie fühlst du dich?« Und Carlo war bewusst geworden, dass er zunächst keine Antwort darauf hatte.

»Ich weiß es nicht, Renato. Ich habe so viel Angst. Angst davor, dass sich Elis Zustand nicht verbessert, Angst, ihn zu verlieren, Angst, dass ich den anderen in ihrem Kummer nicht mehr helfen kann. Ich habe Angst, dass mir die Kraft ausgeht.«

»Weißt du, was wir machen? Wir gehen jetzt etwas essen«, hatte Renato gesagt.

»Aber wenn etwas ist?« Das war Carlos größte Sorge gewesen. Er saß irgendwo, nur nicht im Krankenhaus, und der Anruf, vor dem er sich am meisten fürchtete, erreichte ihn und er musste dann ins Krankenhaus zurückkehren, in dem vollen Bewusstsein, was ihn dort erwartete. Das war seine schlimmste Angst gewesen und noch heute drehte sich ihm bei dieser Vorstellung der Magen um.

»Du musst hier auch einmal raus, Carlo. Dir geht die Kraft aus und dann bist du den anderen auch keine Hilfe mehr, wenn du zusammenklappst. Komm, hol deine Jacke, wir gehen jetzt etwas essen.«

Und so waren Renato und Carlo dann auf die Straße getreten, hinein in den kalten Herbstwind, der Carlo ins Gesicht geweht und ihn wieder aufgerüttelt hatte. Carlo und Renato waren essen gegangen. Sie hatten über alles Mögliche gesprochen und Carlo war zum ersten Mal bewusst geworden, dass er in seinem Cousin Renato jemanden hatte, auf den er sich bei Problemen und Notfällen stützen konnte.

Nach dem Kaffeetrinken ging Carlo in sein Büro. Auf dem Weg dorthin kam er an der Mall vorbei. Als er die Läden entlangschaute, erblickte er kurz einen blonden Haarschopf. War das Susann? Carlo reckte den Hals, doch sie war, falls sie es gewesen war, schon im *Supermercato* verschwunden. Kurz überlegte Carlo, doch dann entschloss er sich, seinen Weg fortzusetzen. Sich in eine bereits vergebene Frau zu verlieben, stand außer Frage. Das Leben war auch schon so kompliziert genug. Carlo nahm statt des Fahrstuhls die Treppen nach oben. Er war recht schnell gelaufen, hatte stets zwei Stufen auf einmal genommen, doch seine Gedanken waren noch immer bei Susann. Genossen sie und Emilie den Aufenthalt hier?

Carlo erledigte vier Anrufe und prüfte einige Rechnungen, die auf dem Schreibtisch lagen. Dann ging er seine To-do-Mappe mit den eiligen Sachen durch. Es war noch früh im Jahr, die Hochsaison hatte noch nicht begonnen, das war spürbar. Es gab nur wenige eilige Aufgaben und vieles davon hatte er bereits erledigt. Alles andere musste nicht sofort bearbeitet werden. Doch Carlo hatte Zeit und wollte auf andere Gedanken kommen und so arbeitete er gemächlich vor sich hin. Als es leise an der Tür klopfte, sah er auf.

»*Pronto!*«, sagte er und Evelina trat ins Büro.

»*Beh, che fai di bello?* Na, was machst du Schönes?«, fragte Evelina und ließ sich auf den Sessel ihm gegenüber nieder.

»Ach, es gibt eigentlich gerade nicht so viel zu tun«, sagte Carlo und reichte Evelina den Resortprospekt mit den Änderungen, die er vorgesehen hatte.

»Das wird sich im Sommer bestimmt wieder schlagartig ändern«, erwiderte Evelina und blätterte den Prospekt durch.

»Bestimmt.«

»Das sind ja zum Teil völlig veraltete Bilder«, entfuhr es Evelina.

»Ich weiß, ich werde mich mit Papà besprechen, vielleicht sollten wir in Sachen Werbung in diesem Jahr ein bisschen mehr Geld in die Hand nehmen, das wäre bitter nötig.«

»Da stimme ich dir zu, *fratello*. Die ältesten Bilder sehen aus, als wären sie in den 80ern gemacht worden. Schau dir mal die Frisuren an.« Carlo lächelte. Dann fiel ihm ein, was er seine Schwester hatte fragen wollen.

»Hast du auch mit Papà gesprochen, wegen Eli?« Evelina warf ihm daraufhin einen entnervten Blick zu.

»Erinnere mich nicht daran. Er plant schon alles Mögliche, bei dem sich Eli einbringen könnte. Ich sehe da wirklich schwarz, dass sich die zwei verstehen werden, aber bitte lass uns kurz über etwas anderes reden. Wie sieht es denn mit deiner deutschen Freundin aus? Hast du sie mal wiedergesehen?«, wollte Evelina wissen.

»Was? Ich ... nein, ich habe sie leider heute noch nicht gesehen. Ich dachte nur vorhin in der Mall, das könnte sie vielleicht gewesen sein.« Carlo merkte, wie sein Herz plötzlich schneller schlug.

Evelina sah ihn schmunzelnd an.

»Du magst sie sehr gerne, oder?«

»Ich kann mich nicht erinnern, wann ich schon einmal so von einer Frau fasziniert war!?«, sagte Carlo ausweichend.

»Fasziniert?! Ich glaube, das ist untertrieben, es müsste eher heißen: wann du jemals so sehr in eine Frau verliebt warst«, sagte Evelina und lächelte noch mehr.

»Ja, aber das führt doch zu nichts«, erwiderte Carlo deprimiert.

»Ich kann mich erinnern, dass du bis jetzt nur einmal so von einer Frau angetan warst.«

»Wer war das?«, fragte Carlo überrascht, ihm war ja selbst keine eingefallen, die ihm auf Anhieb so gut gefallen hatte wie Susann.

»Als du damals nach deinem Studium in Hannover in diesem Online-Reisebüro ein Praktikum gemacht hast oder besser gesagt machen wolltest. Das war doch das Einzige in deinem Leben, das du abgebrochen hast. Kannst du dich nicht erinnern? Das war doch wegen dieser Frau, mit der du im Fahrstuhl festgesessen hattest, die Frau, die dann den Firmenchef geheiratet hat.«

Carlo dachte nach. Das musste inzwischen nun schon über zehn Jahre her sein. Er erinnerte sich daran. Dieses Online-Reisebüro in Hannover hatte *Art & Science Voyages* geheißen. Der Firmenchef war ein junger aufstrebender Kerl aus einer nicht sehr wohlhabenden italienischen Familie gewesen. An den Namen konnte sich Carlo nicht mehr erinnern. Carlo hatte ein einjähriges Praktikum im Management angestrebt und direkt in seiner ersten Woche war er im Fahrstuhl, der in die Firmenräume führte, stecken geblieben. Zusammen mit einer Frau, in die er sich verliebte, sobald er sie das erste Mal gesehen hatte. Er konnte sich nicht mehr genau daran erinnern, wie sie neben ihm gestanden hatte. Sie war einen halben Kopf kleiner gewesen als er, so viel wusste er noch. Im Arm hatte sie einen Stapel Papiere und Kataloge gehalten. Ein Katalog war ihr runtergefallen, Carlo und sie hatten sich gleichzeitig gebückt, um den Katalog aufzuheben, und so waren sie mit den Köpfen aneinandergestoßen und im

Augenblick darauf ging der Strom aus. Es war schlagartig dunkel geworden und der Aufzug hatte angehalten.

»Verzeihung«, hatte die junge Frau gesagt. »Ich bin aber auch ein Tollpatsch.« Sie hatte sich aufgerichtet, Carlo hatte im Dunkeln nach dem Katalog getastet und ihn schließlich gefunden.

»Kein Problem, ich muss mich entschuldigen. Ich hoffe, Ihnen fehlt nichts und Ihr Kopf tut nicht zu weh?«

»Ach wo, ich habe einen Dickschädel«, hatte die Frau geantwortet und glockenhell gelacht. Dieses Lachen hatte Carlo nie vergessen und auch nicht diesen blumigen Duft ihres Parfums. Und da fiel es Carlo nun wieder ein. Wie hatte er das vergessen können? Daher kannte er Susann! Sie war die Frau aus dem Fahrstuhl.

»Carlo, an was denkst du denn, ich habe dich schon dreimal gefragt, ob du schon weißt, wann Eli genau kommt?«

»Eli kommt am Freitag«, sagte Carlo schnell. »Evi, die Frau im Fahrstuhl, das war Susann«, verkündete Carlo und sah seine Schwester ernst an.

»Was? Die Frau aus dem Fahrstuhl? Nein, dann hättest du sie doch gleich erkannt«, sagte Evelina skeptisch.

»Eben nicht! Die meiste Zeit war es im Fahrstuhl dunkel und ich habe nur sehr wenig gesehen, selbst als sie zugestiegen ist. Und als wir ausstiegen, waren so viele Leute da, die nachsehen wollten, ob wir Hilfe brauchten. Wie es weiterging, weißt du ja. Ich dachte immer, Susann kommt mir bekannt vor und ich müsste ihr Gesicht erkennen. Das habe ich auch. Aber viel mehr kenne ich ihr Lachen und den Duft ihres Parfums. Es ist noch dasselbe, wie vor zehn Jahren. Ich habe mich so auf ihr Gesicht konzentriert, dass ich auf alles andere nicht mehr geachtet habe. Sie ist es, Evi, das fühle ich!« Carlo war während seiner Rede aufgestanden und sah seine Schwester, überwältigt von dieser Erkenntnis, an. Evelina blickte erstaunt zu ihrem großen Bruder.

»*Oddio!* Carlo, weißt du, was das bedeutet? In all den Jahren hast du sie nicht gesehen und jetzt verliebst du dich noch einmal in sie, das ist fast schon, als gäbe es eine Seelenverwandtschaft zwischen euch.«

Bloß dass Susann davon scheinbar nichts wusste, es ging wohl nur ihm so. Schließlich war sie verheiratet, da konnte er sich jetzt sicher sein. Sie war damals mit diesem Kerl, der die Firma gegründet hatte, schon verlobt gewesen, daran konnte Carlo sich noch gut erinnern. Schließlich war dies damals der Grund gewesen, warum er das Praktikum abgebrochen hatte! Mehr als drei Stunden hatten sie zusammen in dem Lift verbracht und sich unterhalten. Noch nie hatte sich Carlo einer Frau so nahe gefühlt, eine Frau so sehr begehrt wie Susann in diesem Augenblick, da sie sich im Dunkeln gegenübergestanden hatten. Doch beruhten diese Gefühle auf Gegenseitigkeit? Susann war es bei ihrem ersten Aufeinandertreffen nicht so ergangen wie ihm, das hatte er damals schon geahnt und nun war es vermutlich ebenfalls so. Aber hatte sie nicht auch, als sie sich vor wenigen Tagen wiedergesehen hatten, das Gefühl gehabt, dass sie sich kannten? Vielleicht ... nein, er sollte sich keine Hoffnungen machen!

»Carlo, ich gehe jetzt, in Ordnung? Wir sehen uns später«, sagte Evelina. Ihr Bruder war ganz in Gedanken, das konnte Evelina sehen.

»Ja, ja, sicher, bis später«, sagte Carlo zerstreut. Nachdem Evelina das Büro verlassen hatte, trat er auf den Balkon, der mehr einer Dachterrasse glich. Der Wind vom Meer wehte frisch, doch die Sonne sandte ihre letzten warmen Strahlen und so war es noch nicht zu kalt. Carlo war so tief in Gedanken, dass es ihm selbst dann nichts ausgemacht hätte, wenn er gefroren hätte. Er wusste, es führte zu nichts, doch er versuchte sich an das Gespräch, an die gemeinsame Zeit mit Susann zu erinnern, als sie beide vor zehn Jahren im Fahrstuhl eingeschlossen waren. Ein Stromausfall hatte damals die Elektrik des gesamten alten Gebäudes, in dem sich viele kleine Firmen angesiedelt hatten, lahmgelegt. Selbst die Notbeleuchtung funktionierte nicht mehr.

Nachdem sich Carlo bei Susann entschuldigt hatte, weil sie mit den Köpfen zusammengestoßen waren, und sie so herzlich gelacht hatte, hatten sie beide kurz geschwiegen. In der Dunkelheit war es nahezu unmöglich gewesen, Susann auszumachen, daher hatte sich Carlo kaum bewegt und nur auf ihre Stimme und ihr Lachen geachtet. Susann hatte nach kurzer Zeit die Kataloge und Prospekte auf den Boden gelegt. Nicht dass Carlo dies gesehen hätte, vielmehr hatte er es gehört, wie Susann die schweren Stapel auf den Fahrstuhlboden legte.

»Man kann schließlich nicht wissen, wie lange es dauern wird.« Susann schien aus Erfahrung zu sprechen, zumindest war es Carlo so vorgekommen.

»Da haben Sie recht. Passiert es denn öfter, dass der Strom ausfällt?«

»Zurzeit schon etwas häufiger. Da empfiehlt es sich, vor jeder Benutzung des Aufzugs aufs Klo zu gehen, sonst kann die Warterei sehr ungemütlich werden«, hatte Susann bemerkt. Aus dem weichen Klang ihrer Stimme hatte Carlo erahnen können, dass sie dies mit einem Lächeln sagte. Carlo hatte gespürt, dass ihm diese Frau sympathisch war. Sie war direkt, ohne aufdringlich zu wirken. Trotz der Situation war Susann entspannt und freundlich und in keiner Weise kapriziös oder genervt gewesen.

»Sind Sie neu bei uns? Sie wollten doch zu *Art & Science*,

oder? Als ich eingestiegen bin, habe ich gesehen, dass sie den Knopf schon gedrückt hatten«, hatte Susann gefragt.

»Ja, ich möchte hier im Management ein Praktikum machen. Sie bieten hier eine ganz neue Plattform für Reisen an. Und bevor ich meine Doktorarbeit schreibe, möchte ich bei den verschiedenen Reiseunternehmen die unterschiedlichen Strukturen kennenlernen.«

»Ah, ich verstehe. Dann ist das jetzt gerade nicht der schönste Empfang, den wir Ihnen machen können, fürchte ich.« Susann hatte ehrlich entschuldigend geklungen, obwohl sie auf die Funktionalität des Aufzuges sicher keinen Einfluss hätte nehmen können.

»Ich kann mir bei weitem Schlimmeres vorstellen, als mit Ihnen hier eingeschlossen zu sein.« Das war eine spontane Äußerung von Carlo gewesen. Susann hatte kurz gestutzt, dann aber gelacht.

Dann hatten sie sich bestens unterhalten über Filme, Musik, Kochen, Rezepte. Alles unwichtige Dinge, doch sie waren sich so ähnlich gewesen und es hatte so viel Spaß gemacht, mit ihr zu reden. Beide liebten sie es zu reisen, aber nie zu weit in die Ferne. Carlo war es vorgekommen, als würde er diese Frau schon sein Leben lang kennen. Die Stunden vergingen wie im Fluge und als plötzlich der Strom wieder floss, der Aufzug sich mit einem Ruck in Bewegung setzte und das Licht lediglich flackernd wieder anging, hatte Carlo das Gefühl, auf einmal aus einem herrlichen Traum zu erwachen, in dem er die letzten drei wundervollen Stunden gewesen war. Er hatte vorgehabt, Susann nach einem Date zu fragen. Diese Frau wollte er näher kennenlernen! Doch Susann hatte sich gebückt, die Kataloge und Prospekte aufgehoben, dann waren die Aufzugtüren aufgegangen und vor der Tür hatte unter den besorgten Leuten auch ein junger, dunkelhaariger Mann gewartet. Die schweren Kataloge und Prospekte waren Susann von dem Mann sofort aus der Hand genommen worden und gleich darauf hatte er sie innig geküsst. Es war ein langer, verliebter Kuss gewesen und Carlos Gefühl, dass die letzten drei Stunden nur ein Traum gewesen waren, hatte sich endgültig bewahrheitet.

»Bereitest du den Gruppenraum schon mal vor, ich komme gleich nach, ja?«, hatte der Kerl zu Susann gesagt. Auf Susanns Gesicht war ein verliebtes Lächeln erschienen und sie hatte ein »Ja klar« entgegnet, dann, als sie schon ein paar Schritte gegangen war, hatte sie sich zu Carlo umgedreht und gesagt: »Dann bis demnächst, es hat mich sehr gefreut.« Carlo hatte ihr nachgesehen. Sie war nur freundlich gewesen, mehr nicht.

»Sie müssen Carlo Liccardi sein«, hatte Susanns Verlobter zu ihm gesagt und ihm die Hand hingehalten. »Wie ich sehe, haben Sie meine Verlobte schon kennengelernt. Mein Name ist ...« Carlo hatte die Hand ergriffen und sie geschüttelt, ohne überhaupt auf irgendetwas anderes zu achten. Und nur eine Woche später hatte er sein Praktikum abgebrochen mit der Ausrede, dass es familiäre Probleme gab, um die er sich kümmern musste. Susann war er in dieser einen Woche erfolgreich aus dem Weg gegangen. Es war nicht seine Art zu lügen, aber Carlo hätte es nicht ertragen. Er hatte sich damals selbst einen Idioten geschimpft. Wie war es möglich gewesen, dass er sich innerhalb weniger Stunden so sehr in eine Frau verlieben konnte. Eine Frau, die er weder richtig gesehen noch näher kennengelernt hatte. Er und Susann hatten sich so angeregt unterhalten, dass er damals völlig vergessen hatte, sie nach ihrem Vornamen zu fragen. *Susann.* Hätte er sich vielleicht jetzt schneller erinnert, wenn er ihren Namen damals erfahren hätte?

Carlo konnte es noch immer nicht verstehen, doch nun war es ihm schon wieder passiert. Die Gedanken an Susann beherrschten seinen Kopf. Was hatte diese Frau nur an sich, dass sie ihn so faszinierte? Evi hatte vorhin etwas von Seelenverwandtschaft gesagt. Eigentlich war Carlo sehr rational und an Seelenverwandtschaft glaubte er nicht. Doch in diesem Fall ...

Um den Kopf freizubekommen, beschloss Carlo, nach Hause zu gehen, sich umzuziehen und eine Runde joggen zu gehen. Er schloss die Bürotür hinter sich und machte sich auf den Weg nach Hause. Carlo ging schnell in Gedanken versunken. Er sah die Mall entlang zu den Geschäften und da stand Susann. Sie trug ein helles kurzes Kleid mit Leggins, die ihr bis zu den Knien gingen, dazu Ballerinas. Emilie stand neben ihr und hatte sich ein riesiges Eis gekauft. Susann lachte aufgrund der Größe des Eises in der Hand ihrer Tochter. Carlo musste bei diesem Anblick ebenfalls lächeln. Emilie würde diese Portion niemals schaffen, so viel stand fest. Da schaute Susann auf und blickte ihn direkt an. Sie hob ihren Arm und winkte ihm zu. Carlo nickte ihr kurz zu, doch es war eine so kleine Geste, dass sie es auf die Entfernung vielleicht gar nicht gesehen hatte, dann drehte er sich weg und eilte davon. Es war besser, sich von ihr fernzuhalten, er wusste nicht, wieso er sich so zu ihr hingezogen fühlte, doch dieses Gefühl hatte nun Jahre und große Distanzen überdauert und davor musste er auf der Hut sein.

5. Kapitel

Susann wachte früh, aber ausgeschlafen auf. Inzwischen waren sie schon seit zehn Tagen im Resort und Susann hätte nie gedacht, dass sie sich hier so heimisch fühlen würde, fast täglich machten Emilie und sie Spaziergänge am Strand oder zum Leuchtturm *San Manuele*.

Beim Frühstück sah Susann ihre Tochter an. Emilie wirkte so glücklich wie seit Monaten nicht mehr. Das Wetter wurde mit jedem Tag wärmer. Inzwischen war es nun schon Mai und Susann und Emilie hatten gestern fast den ganzen Tag in den verschiedenen Swimming Pools und auf der Liegewiese in der Sonne verbracht. Noch waren nicht viele Gäste im Resort, doch das würde sich Mitte Mai zu den Pfingstferien sicher ändern. Emilie hatte vorgestern Maurizio getroffen und die zwei hatten den Nachmittag zusammen gespielt. Susann sah es gern, dass Emilie sich so gut mit Maurizio verstand und so schnell Anschluss gefunden hatte, doch würde diese Freundschaft es ihrer Tochter nicht schwerer machen, wieder abzureisen?

Es war schon recht warm, als sie ihr Frühstück beendet hatten, und so beschloss Susann, sich zuerst auf die Liege vor dem Bungalow zu legen.

»Mama, darf ich zum Strand?«, fragte Emilie.

»Nicht alleine, Schatz. Wir gehen am Nachmittag zusammen, in Ordnung?«, sagte Susann. Emilie nickte und hatte sich schon ihre Kreiden geholt und war auf den Weg gerannt, der vor dem Bungalow lag. Dort malte sie mit den Kreiden viele Bilder in allen Farben auf den Asphalt.

Susann schnappte sich ein Buch, das sie mitgenommen hatte. Eine Liebesgeschichte, viele Seiten, die eigentlich nur darauf hinausliefen, dass die zwei Hauptpersonen zusammenkamen. Warum las sie so etwas denn überhaupt noch? Sie wusste doch, dass es solche Geschichten nicht im echten Leben gab. Aber vielleicht gaben ihr diese Geschichten die Illusion, dass doch so etwas wie Liebe zwischen Frauen und Männern existieren konnte. Susann las die ersten Seiten und war schon nach wenigen Sätzen in der Handlung. Am Beginn des zweiten Kapitels sah Susann auf. Emilies Kreiden lagen ordentlich zusammengepackt am Straßenrand.

»Emilie!«, rief Susann. Keine Antwort. Sofort stand Susann auf und ging mit eiligen Schritten zum Weg. Emilie hatte ein paar Bilder gemalt, doch jetzt war sie nirgends zu sehen.

»Emilie!«, rief Susann noch einmal. Sie lief bis zu dem breiteren Weg, der am Strand entlangführte. Doch auch hier konnte sie Emilie nicht entdecken. Susann spürte, wie sich ihr Herzschlag beschleunigte. Ganz ruhig, zwang sie sich selbst, wenn du jetzt die Nerven verlierst, kannst du nicht mehr klar denken. Bestimmt war Emilie nur zur Mall, ein Eis kaufen, oder zum Strand gegangen. Aber eigentlich hörte sie immer auf Susann und diese hatte ihr gesagt, dass sie nicht alleine fortgehen durfte. Susann lief zu dem schmalen Pfad aus Steinplatten, der den Strand hinunterführte. Dort am Ende des Pfades sah sie ihre Tochter. Zusammen mit Maurizio sammelte sie wohl Muscheln. Susann atmete erleichtert aus. Der Bungalow stand zwar noch offen, weil sie so überstürzt aufgebrochen war, doch sie wollte gleich zu den beiden an den Strand.

»Emilie, du musst schon sagen, wenn du mit Maurizio zum Strand gehst, sonst mache ich mir doch Sorgen«, rügte Susann ihre Tochter, als sie bei den beiden war.

»Tut mir leid, Mama. Aber du hast gesagt, ich darf nicht

alleine an den Strand, und wenn Maurizio dabei ist, bin ich ja nicht alleine.« Emilie sah etwas trotzig zu ihrer Mutter hoch.

»Und ich passe gut auf Emilie auf«, meldete sich Maurizio zu Wort.

»Das glaube ich dir, aber trotzdem müsst ihr mir bitte in Zukunft Bescheid geben, wo ihr hingeht. Verstanden?«, sagte Susann mit Nachdruck.

»Ja, machen wir«, sagten Emilie und Maurizio gleichzeitig.

»Gut, ihr zwei, dann ist es in Ordnung, wenn ihr am Strand spielt, aber ich hole schnell mein Buch und werde hier sitzen und lesen«, entgegnete Susann. Ganz alleine lassen wollte sie die beiden nicht. Zwei Sechsjährige hatten ihrer Meinung nach ohne Aufsicht am Strand nichts verloren. Susann holte schnell ihr Buch. Sie gab vor zu lesen, doch aus den Augenwinkeln sah sie immer wieder zu ihrer Tochter und Maurizio. Das Meer war ruhig und die zwei schienen sich sehr gut zu verstehen. Einmal entdeckten sie wohl eine Krabbe. Maurizio hob das Tier geschickt hoch und setzte es ins Wasser zurück. Emilie klatschte begeistert in die Hände und lachte fröhlich. Vor Krabben war ihr etwas bang, wegen der Scheren, doch zusammen mit Maurizio schien sie keine Angst zu haben.

»Mama, darf ich mit zu Maurizio? Wir möchten wieder mit dem Boot spielen«, fragte Emilie, als sie und Maurizio genug davon hatten, am Strand zu spielen.

»Von mir aus gerne. Ist das auch für deine Eltern in Ordnung, Maurizio?«

»Mein Vater hat sicher nichts dagegen«, sagte der Junge sofort. Susann musste gleich an Carlo denken. Es war noch recht früh am Tag, vielleicht hatte Susann Glück und sie würde ihn sehen. Ein kurzes Gespräch mit dem

Mann, der ihr schon seit Tagen nicht mehr aus dem Kopf ging. Carlos dunkle Stimme fiel ihr ein, die feinen Lachfältchen um seine dunkelgrünen Augen, die sie anerkennend musterten und ihr das Gefühl gaben, begehrenswert zu sein. Maurizio hatte auch jetzt nichts von einer Mutter erzählt, was nichts zu bedeuten haben musste, aber eine Freundin hatte Carlo bestimmt. So ein Mann konnte einfach nicht Single sein.

»Dann werde ich euch zwei noch begleiten«, beschloss Susann.

Vor der Villa der Liccardis trafen sie auf Maurizios kleinen Bruder Filippo.

»Papà sagt, du sollst nicht einfach, ohne etwas zu sagen, weglaufen«, meinte der Kleine an seinen Bruder gewandt.

»*Lo so.* Ich weiß«, sagte Maurizio nur. Emilie grinste kurz, ihr schien die freche Art von Maurizio zu gefallen. Susann und Emilie betraten den prächtigen Garten, der rund um die Villa lag. Sie gingen durch die von üppig blühenden Rosen umrankte Pergola, in diesem Moment trat Carlo eben auf die Terrasse. Er sah großartig aus in seinen dunkelgrauen Chinohosen und dem blauen Polohemd. Carlo blickte zu ihnen hinüber und hielt überrascht in seiner Bewegung inne. Wann hatten sie sich das letzte Mal gesehen? Da fiel es Susann ein. Als sie in der Mall war, vor ein paar Tagen. Carlo hatte zu ihr hinübergesehen und fast unmerklich genickt. Zunächst hatte Susann gedacht, dass er sie nicht erkannt hatte, doch so weit waren sie auch nicht voneinander entfernt gewesen. Insgeheim war Susann enttäuscht, dass er sich nicht mehr gefreut hatte, sie in der Mall zu sehen.

»Ciao, Carlo«, sagte Susann und lächelte vorsichtig. Als sich auf Carlos Gesicht schließlich auch ein Lächeln abzeichnete, fühlte Susann, wie eine Welle von Glück sie schier zu überfluten drohte. Hatte schon jemals ein Mann so einen Einfluss auf ihre Gefühle gehabt? Vielleicht Luca ganz am Anfang ihrer Beziehung.

»*Buongiorno*, Susann«, erwiderte Carlo. »Und *buongiorno*, Emilie«, begrüßte er auch ihre Tochter.

»Ciao, Carlo«, freute sich auch Emilie. Carlo sah dann zu Maurizio.

»Maurizio, dein Vater hat sich schon gefragt, wo du steckst, es ist vielleicht besser, du gehst rein und redest kurz mit Renato. Du kannst doch nicht einfach weggehen und nicht sagen, wo du bist!«, erwiderte Carlo.

»Ich weiß. Entschuldigung, Carlo, aber manchmal ist Papà am Freitag gar nicht da. Was soll ich dann machen?«, fragte Maurizio scheinheilig.

»Dann sagst du mir oder Nonna Bescheid!«, kam sofort Carlos Antwort.

Susann war etwas irritiert. Das klang ja so, als wären Maurizio und Filippo gar nicht Carlos Söhne.

»Ich dachte, Maurizio und Filippo sind deine Söhne«, sagte sie, als Carlo näher zu ihr gekommen war.

»Nein, sind sie leider nicht«, erwiderte Carlo sofort.

»Dann hättest du also gerne eigene Kinder?«, fragte Susann weiter.

»Mit der passenden Frau, sehr gerne.« Susann fühlte, wie ihr Herz schneller schlug. Das hörte sich nicht so an, als wäre er schon vergeben. Da wollte Susann definitiv mehr wissen.

»Und die passende Frau …«, begann sie keck. Steht vor mir, dachte sich Carlo, aber stattdessen sagte er: »Habe ich bis jetzt noch nicht gefunden.« Er ist also tatsächlich noch nicht vergeben, kam es Susann in den Sinn, gleichzeitig belächelte sie ihre eigene Aufgeregtheit. Sie war doch schließlich keine 15 mehr und doch benahm sie sich so.

Wie ein verliebter Teenager kam sie sich vor, durch geschicktes Nachfragen versuchte sie herauszufinden, ob der Mann, auf den sie stand, Single war. Herrgott, ich bin Mutter und bereits geschieden, dachte sich Susann, da sollte ich inzwischen so weit sein, direkt fragen zu können.

»Dann sind die zwei die Kinder von deiner Schwester?«, fragte sie weiter.

»Nein, Maurizio und Filippo nennen mich zwar Onkel, aber die zwei sind die Söhne von meinem Cousin Renato. Meine Geschwister haben noch keine Kinder.«

»Es muss schön sein, zu so einer großen Familie zu gehören.« Das hatte Susann ihm schon einmal gesagt, doch immer wieder aufs Neue beneidete sie Carlo darum.

»Ja, es ist wirklich großartig. Manchmal kann es zwar schon sehr anstrengend sein, so viele Leute unter einen Hut zu bringen, aber es überwiegen bei weitem die schönen Momente.« Das glaubte Susann ihm aufs Wort. Bei der Scheidung waren ihr ihre große Schwester Ingrid und ihre Mutter Margarete eine große Hilfe und Unterstützung gewesen, die sie nicht hätte missen wollen.

»Maurizio, wie oft soll ich dir noch sagen, dass du nicht einfach so abhauen sollst!«, hörten sie eine Stimme von drinnen.

»Es tut mir leid, Papà. Ich mach's nie wieder«, verteidigte sich Maurizio kleinlaut.

»Das habe ich auch schon öfter gehört«, beschwerte sich die Stimme. Ein großer dunkelhaariger Mann trat auf die Terrasse. Er war ebenso groß wie Carlo und schien auch im selben Alter zu sein. Wobei er durch seine Brille, die ihm ein aristokratisches Äußeres verlieh, etwas älter wirkte.

»Das war das letzte Mal, dass du wegläufst! Haben wir uns da verstanden?!«

»*Si*«, stimmte Maurizio sofort zu und rannte dann mit seinem Boot in der Hand zu Emilie, die schon am Pool wartete.

»Renato, kommst du kurz rüber, ich möchte dir Susann vorstellen!«, rief Carlo. Renato kam langsam auf sie zu. Er blickte Susann freundlich an. Als er vor ihr stand, musste Susann zugeben, dass auch Renato sehr attraktiv war.

»Renato, das ist Susann, sie und ihre Tochter Emilie machen Urlaub im Resort«, und an Susann gewandt, sagte Carlo, »Susann, darf ich dir meinen Cousin Renato vorstellen. Er leitet das Resort am Gardasee und ist der Vater von Maurizio und Filippo.«

»Freut mich, Sie kennenzulernen«, sagte Renato und reichte Susann die Hand. Carlo sah er kurz schelmisch grinsend an.

»Mich auch. Emilie ist sehr glücklich, dass sie Maurizio kennengelernt hat.«

»Ja, die zwei verstehen sich hervorragend.«

»Dann stört es nicht, wenn Emilie hier ist und die zwei zusammen spielen?«

»Nein, überhaupt nicht und machen Sie sich keine Gedanken, ein Erwachsener ist immer in der Nähe und hat ein Auge auf die Kinder.«

Susann und Renato lächelten sich an und Carlo fühlte kurz eine eifersüchtige Regung in sich aufsteigen. So war er doch eigentlich gar nicht. Im Grunde sollte er sich doch freuen, wenn sich Susann und Renato gut verstanden.

»Ich gehe jetzt ins Büro«, verkündete Carlo daher schnell. Dann konnten sich Susann und Renato in Ruhe über die Kinder unterhalten.

»Ich werde dann auch zurück ins Resort gehen«, sagte Susann und schloss sich ihm an, an Renato gewandt sagte sie, »dann hole ich Emilie vor dem Mittagessen wieder ab?«

»Emilie könnte auch gerne bei uns mitessen, das ist kein Problem. Ich denke, Nonna wird so um zwölf Uhr das Essen auf dem Tisch haben.«

»Das ist nett, aber ich habe Emilie versprochen, mit ihr Pizzaessen zu gehen. Ich hole sie dann kurz vor zwölf Uhr ab.« Ihrer Tochter rief Susann noch zu: »Benimm dich, Schatz. Ich hole dich Mittag wieder ab.«

»Ist gut, Mama!«, rief Emilie und winkte kurz. Susann verabschiedete sich von Renato und ging dann neben Carlo Richtung Resort. Erst liefen sie schweigend nebeneinander her.

»Hast du noch viel zu tun heute?«, fragte Susann, als Carlo das schmiedeeiserne Tor hinter ihnen geschlossen hatte und sie die Straße zum Resort überquerten.

»Es geht, wir haben eine Stelle zu besetzen, die der Rezeptionsleitung. Da kommen heute Nachmittag noch Bewerber und ebenfalls am Nachmittag kommt unser Architekt für die Poollandschaft vorbei. Wir möchten die Liegewiese vergrößern, eine künstliche Sandfläche sowie Hügel einbauen und darüber wollen wir sprechen. Mein Vater wird bei diesem Gespräch ebenfalls dabei sein.« Carlo bemerkte, dass er sehr ausführlich geantwortet hatte, wie immer, wenn er auf das Resort zu sprechen kam. Doch Susann hatte ihm aufmerksam zugehört und erkundigte sich, ob sie einen Plan für die Liegewiese hätten und ob es schwer wäre, Bewerber für die Rezeptionsleitung zu finden. Schließlich war sie ebenfalls im Tourismusbereich tätig gewesen und so war es für Carlo sehr vertraut, mit Susann über alles zu sprechen. Viel zu schnell waren sie beim Bürogebäude angelangt.

»Dann lasse ich dich jetzt wohl besser arbeiten«, sagte Susann, doch sie blieb vor Carlo stehen, als würde sie sich gerne noch länger mit ihm unterhalten.

»Möchtest du noch schnell mit ins Büro? Der Ausblick auf den Strand ist herrlich und bei diesem Wetter sehr sehenswert und ich könnte dir die ersten Pläne für die Liegewiese zeigen. Ganz im Vertrauen, versteht sich«, erwiderte Carlo und zwinkerte ihr verschwörerisch zu.

»Sehr gerne«, sagte Susann sofort und folgte Carlo. Als sie den Lift betraten, sah Carlo Susann von der Seite an. Wusste auch sie schon, woher sie sich kannten? Carlo schloss kurz die Augen. Sie trug wirklich noch dasselbe Parfum wie damals. Er fühlte sich in den Aufzug von vor zehn Jahren zurückversetzt. Susann hatte nichts von ihrer offenen, freundlichen Art eingebüßt. Ihre Haare waren kürzer geworden und bestimmt waren ihre weiblichen Rundungen nach der Geburt ihrer Tochter nun deutlicher zu sehen. Doch gerade diese Susann, nun ein paar Jahre älter, gefiel Carlo noch besser. Es erforderte all seine Widerstandskraft, Susann jetzt nicht in die Arme zu schließen und sie zu küssen. Sie stiegen im obersten Stockwerk aus und Carlo öffnete die Bürotür. Susann sah sich aufmerksam in dem Raum um. Der Schreibtisch war ordentlich aufgeräumt. In den Ablagefächern waren die wichtigsten Papiere abgelegt.

»Ich kann nur arbeiten, wenn an meinem Arbeitsplatz alles schön geordnet ist«, erklärte Carlo. Das konnte Susann sehr gut nachempfinden. Chaos am Arbeitsplatz konnte sie wirklich gar nicht leiden.

In dem Eichenschrank, der links neben der Tür stand, befanden sich viele Fotos in unterschiedlichen Rahmen, von denen die Familienmitglieder der Liccardis aus den verschiedenen Generationen Susann entgegenlächelten. Auf einem Tisch aus dunklem Holz, in der Mitte des Raumes, lag ein Plan.

»Das ist der Bauplan mit den Umbaumaßnahmen für

die Liegewiese.« Susann sah sich den Plan genau an. Am Rand hatte der Architekt realistische Zeichnungen aus den verschiedenen Blickwinkeln auf die Liegewiese angefertigt.

»Das wird wunderschön, vor allem die lauschigen Plätzchen unter den Büschen und die Findlinge auf der Wiese sind eine schöne Klettermöglichkeit für Kinder. Emilie würde es sicher gefallen.«

»Denkst du?«, fragte Carlo erfreut.

»Ja, da bin ich mir ganz sicher.«

»Das freut mich sehr«, verkündete Carlo und lächelte. Susanns Herz machte einen Sprung.

»Bei all unseren Umbaumaßnahmen ist es uns immer am wichtigsten, dass sich unsere Gäste wohlfühlen.«

»Das merkt man hier wirklich, Carlo.« Susann war nach draußen auf den Balkon gegangen und Carlo folgte ihr. »Das Resort ist großartig angelegt. Die wunderschönen Blumenbeete in der Mall, die Wege zwischen den Kirschlorbeerhecken, die Bungalows, klein und gemütlich, dabei aber auch zweckmäßig, und die Poolanlage, ich glaube, dort kann man sich nur wohlfühlen. Ich habe Emilie von den Rutschen kaum mehr losreißen können. Und der Strand«, Susann seufzte, »ich habe das Gefühl, mich seit langem wieder richtig wohl zu fühlen, und Emilie geht es nicht anders.« Carlo war nahe an Susann herangetreten. Nun standen sie sich gegenüber.

»Susann, du kannst dir gar nicht denken, wie glücklich es mich macht, dass du das sagst und so empfindest«, erwiderte Carlo leise. Seine Stimme klang rau und wieder konnte Susann in seinen grünen Augen sehen, dass er sie begehrte. Sein Gesicht war nur wenige Zentimeter von ihrem entfernt. Carlo beugte sich etwas vor und Susann kam ihm ebenfalls entgegen. Küss mich, dachte sie sich und schloss erwartungsvoll die Augen. Sie spürte Carlos Atem auf ihrer Haut. Doch plötzlich wich er vor ihr zurück. Susann öffnete wieder die Augen, Carlo stand vor ihr und fixierte angestrengt das Meer. Susann ging einen Schritt zurück. Zuerst dachte sie sich: Warum hat er mich nicht geküsst? Doch gleich darauf war sie sich sicher, auch wenn es schmerzte, so war dies doch die richtige Entscheidung. Sie hatte eine Tochter, an die sie denken musste. Und es wäre absolut verantwortungslos, nun eine stürmische Affäre mit Carlo zu beginnen. Denn mehr als eine Affäre würde er vielleicht nicht wollen, davon war Susann überzeugt. Schließlich suchte er zwar noch nach der einen richtigen Frau, mit der er sein Leben verbringen wollte, das hatte er selbst gesagt, aber dass sie diejenige war, darauf konnte sie nicht hoffen.

»Was sind das alles für Bilder in dem Schrank?«, fragte Susann. Sie wollte mit Carlo unbedingt wieder zu einer möglichst neutralen Unterhaltung zurückfinden. Da waren die Fotos in dem großen Schrank eine willkommene Möglichkeit für ein Gespräch und außerdem wollte Susann mehr über die Familie Liccardi erfahren.

»Das sind alles Fotos von Familienmitgliedern, aber das wäre eine lange Geschichte, wenn ich dir jeden von ihnen vorstellen würde«, sagte Carlo. »Zur Liccardi-Familie gehören eine ganze Menge Leute.«

»Also, ich habe heute noch nichts vor, ich bin schließlich im Urlaub«, sagte Susann lächelnd. »Aber du hast sicher viel zu tun.«

»Das kann ich auch später erledigen. Ich würde dir sehr gerne unsere Familie vorstellen«, sagte Carlo schmunzelnd. »Fangen wir bei diesem Bild hier an.« Carlo wies auf ein Familienfoto im linken Bereich des Schrankes. Es waren viele Personen auf dem Bild zu sehen und sicher von einem Fotografen gemacht worden. Carlo zeigte nacheinander auf die Erwachsenen.

»Das ist mein Vater Edmondo, mein Onkel Manuele und seine Frau Sara.« Susann folgte mit den Augen Carlos Aufzählung. Carlo war seinem Vater Edmondo wie aus dem Gesicht geschnitten. Das Bild war, wie Carlo erwähnt hatte, vor etwas mehr als 26 Jahren aufgenommen worden. » Hier siehst du meine Nonna, Michela. Das ist meine Stiefmutter Morgan, sie hat meine kleine Schwester Katie auf dem Arm, die auf dem Foto erst knapp ein halbes Jahr alt ist.« Susann betrachtete die dunkelhaarige Frau. Sie wirkte irgendwie zerbrechlich, war von der Statur her eher klein, wie Nonna Michela, hatte aber blasse Haut wie bei einer Porzellanpuppe und dunkle, lange Haare. Sie sah mit festem Blick in die Kamera und lächelte nicht. Carlos Finger wanderte zu den Kindern.

»Das hier ist Renato. Er war wie ich damals zwölf Jahre alt.« Renato trug auf dem Bild schon eine Brille, die aber damals noch biederer wirkte als die jetzige. Für sein Alter war er schon recht groß. »Das Mädchen neben Renato ist seine ältere Schwester Nicoletta. Du wirst sie aber nicht persönlich kennenlernen, weil sie mit ihrem Mann Steven in den USA wohnt und leider nur sehr selten zu Besuch kommt.« Nicoletta war auf dem Bild, obwohl noch ein Mädchen um die 13 oder 14 Jahre, schon ein bisschen geschminkt und hatte die braunen Haare zu einer Hochsteckfrisur gestylt. Man sah ihr an, dass sie es gerne mochte, fotografiert zu werden. »Das hier ist mein Cousin Fabio. Er ist Renatos und Nicolettas kleiner Bruder und eigentlich unser Künstler in der Familie. Er spielt sehr gut Klavier und war als Kind ein recht wilder Kerl.« Susann sah zu dem jungen Fabio. Er grinste breit in die Kamera, die Augen fast zusammengekniffen, seine Haare waren pechschwarz und er trug sie etwas länger.

»Filippo sieht ihm sehr ähnlich«, bemerkte Susann.

»Das stimmt. Fabio ist auch der Taufpate von Filippo, die zwei verstehen sich sehr gut.« Carlo machte eine kurze Pause, ehe er zur nächsten Person kam.

»Das ist meine Schwester Evelina«, fuhr Carlo fort und deutete auf ein Mädchen mit einem hübschen Gesicht, das ihre langen schwarzen Haare zu einem dicken Zopf gebunden hatte und diesen über die Schulter hängen ließ. »Und die beiden hier, das sind Eli und ich«, sagte Carlo und zeigte auf einen Jungen, der um die zwölf Jahre alt war und am Boden kniete, die Arme hatte er um seinen etwa drei Jahre alten Bruder gelegt. Eli stand und hatte Jeanslatzhosen an. Er sah nicht in die Kamera, sondern blickte auf den Boden, als sähe er dort etwas viel Interessanteres. Carlo, als Zwölfjähriger, war seinem Blick gefolgt und lächelte. Die zwei wirkten sehr harmonisch.

»Wo habt ihr denn da hingeguckt?«

»Auf dem Boden saß eine Libelle und Eli war ganz fasziniert.«

»Ihr habt euch gut verstanden, oder?«

»Ja, nachdem Morgan mit Katie und Eli nach England gezogen ist, haben Evelina und ich unsere jüngeren Geschwister sehr vermisst. Katie und Eli kamen mit Morgan immer in den Sommerferien und auch zu Weihnachten und Ostern zu Besuch. Später kamen dann nur noch Katie und Eli. Ich habe mich mit Eli immer gut verstanden, bis Eli dann irgendwann als ziemlich arroganter Halbstarker nach Italien kam, da war er 15 oder 16 und ich um die 25. Er war furchtbar, so pubertär und unerwachsen, wir hatten uns nicht mehr viel zu sagen. Und ... ich gebe zu, ich habe mir damals auch nicht viel Mühe gegeben.« Susann bemerkte einen traurigen Unterton in seiner Stimme, sie wollte ihn schon fragen, was der Grund dafür war, doch da wandte sich Carlo bereits den anderen Bildern zu, die im Eichenschrank standen. Es waren Bilder von Nonna Michela und ihrem inzwischen verstorbenen Mann Salvatore. Dann gab es noch Bilder von Michelas Schwester und deren Familie.

»Das ist ein Bild meiner Mutter Judith und meines Vaters bei ihrer Hochzeit«, erklärte Carlo und zeigte auf ein weiteres Foto, auf dem ein Pärchen zu sehen war. Die Frau hatte dunkelblonde Haare, die sie auf dem Bild hochgesteckt trug, sie war recht groß, fast so groß wie Edmondo, und schlank wie ein Model. Sie hatte ein schmales Gesicht mit schönen femininen Gesichtszügen und sinnlichen Lippen.

»Deine Mutter war eine sehr schöne Frau«, sagte Susann anerkennend. So wie du, dachte sich Carlo unwillkürlich und warf Susann von der Seite einen intensiven Blick zu. Um sich abzulenken, zeigte er auf das nächste Bild.

»Da siehst du Renato bei seiner Hochzeit mit Franca. Die Ehe hat aber nicht lange gehalten, deshalb hat Renato darauf bestanden, dass wir noch dieses Bild von ihm und den Jungs hier in den Schrank stellen«, sagte Carlo und zeigte auf ein zweites Bild, wo Susann Renato erkannte. Er kniete am Boden und seine Söhne standen links und rechts von ihm. Er hatte um die zwei die Arme gelegt und alle drei lächelten in die Kamera. Das Foto konnte noch nicht alt sein.

»Da haben wir ein Hochzeitsfoto von meinem Onkel Manuele und meiner Tante Sara. Inzwischen leben sie aber schon seit längerer Zeit getrennt. Sie sind noch immer verheiratet und leiten zusammen mit Renato das Resort am Gardasee. Onkel Manuele ist bereits mit einer neuen Frau zusammen, aber so ganz offiziell ist es noch nicht. Du kannst sie hier auf diesem Bild sehen.« Carlo zeigte auf ein Bild einer hübschen Frau, die karibisch durch ihren dunklen Teint und die schulterlangen, lockigen, pechschwarzen Haare wirkte. »Das ist Mercédès Renoir. Sie stammt ursprünglich von einer kleinen Insel in der Nähe von Martinique.« Susann fand, ihr Name klang wie der eines Stars. Mercédès sah aus wie eine Prinzessin. Manuele strahlte eine gewisse Selbstsicherheit aus, die für eine junge Frau wie Mercédès sicher anziehend wirken konnte, zumindest war es nicht sein Aussehen. Im Gegensatz zu Edmondo war Manuele eher ein gesetzter Typ, mit Ansatz zum Bauch und auch von der Statur her war er kleiner als seine Söhne.

»Das hier ist ein neueres Foto meiner Schwester Evelina. Sie arbeitet, wie ich schon erzählt habe, in der Verwaltung eines Krankenhauses.« Aus der kleinen Evelina war eine sehr attraktive Frau geworden. Sie hatte lange, dunkle Haare, dunkle Augen wie ihr Vater und das schöne Gesicht ihrer Mutter.

»Auf diesem Bild kannst du meine Schwester Katie sehen. Sie ist unser Nesthäkchen und arbeitet bei einer Zeitung in London im Anzeigenverkauf.« Katie war eine junge Frau, mit sehr kurzen Haaren und einer Brille, die ihre schönen, grünen Augen noch besser zur Geltung brachten. Sie war recht klein und wirkte in dem dunkelroten Kleid, das sie auf dem Bild trug, wie eine Elfe. Das Foto zeigte sie wohl bei einem Abschlussball, denn sie hielt in der einen Hand eine Urkunde und in der anderen Hand ein Glas Sekt. Edmondo, nun bereits mit silbernen Strähnen in dem rabenschwarzen Haar, stand stolz neben ihr.

»Und wer ist das?«, fragte Susann und zeigte auf das Bild eines jungen Mannes, der auf einem Motorrad saß.

»Das ist mein kleiner Bruder Eli«, erwiderte Carlo. Eli sah Carlo und Edmondo nur bedingt ähnlich. Er hatte kurze, dunkle Haare, eine auffallend gerade Nase und extrem blaue Augen. Er saß auf einer Ducati und trug eine Ledermontur. Den Helm hatte er vor sich auf den Tank gelegt. Eli sah angriffslustig und ein bisschen arrogant in die Kamera.

»Er fährt gerne Motorrad, oder?«

»In der Vergangenheit, ja. Er hatte aber vor einem dreiviertel Jahr einen schweren Unfall und davon erholt er sich noch.«

»Das tut mir sehr leid. Es muss schlimm für dich und deine Familie gewesen sein.«

»Ja, das war es, aber wenn man in so einem Unfall überhaupt etwas Gutes sehen kann, dann, dass es mich wieder näher mit meinem Bruder zusammengebracht hat. Wir hatten uns vorher nicht mehr viel zu sagen.«

»Du kamst mir gar nicht so nachtragend vor«, erwiderte Susann neckend.

»Das bin ich auch nicht«, rechtfertigte sich Carlo sofort. »Na ja, vielleicht war ich es bei meinem Bruder.«

Carlo erinnerte sich an den großen Streit, den er mit Eli vor ein paar Jahren gehabt hatte.

»Seit dem Unfall habe ich das Gefühl, dass Eli und ich eine zweite Chance bekommen haben, wieder ein besseres Verhältnis zueinander aufzubauen. Vielleicht lernst du ihn auch bald kennen, er zieht nun von London hierher ins Resort.« Carlo war noch in Gedanken bei seinem Bruder, da war Susann wieder vor ein anderes Bild im Eichenschrank getreten.

»Das ist ein Bild von deinem Cousin Fabio, oder?«, fragte Susann. Carlo folgte ihrem Blick zu einem Bild, auf dem ein ausgesprochen hübscher junger Mann zu sehen war.

Er saß an einem Flügel aus dunklem Holz, der in einem Zimmer mit Seeblick zu stehen schien. Neben dem Flügel stand ein älterer Mann und sah anerkennend zu Fabio.

»Ja, das ist Fabio. Er hat bei Signor Barale, den du neben ihm auf dem einen Bild sehen kannst, Klavier spielen gelernt. Er ist der Nachbar unseres Resorts am Gardasee. Fabio spielt großartig Klavier. Signor Barale meint immer, Fabio hätte ein ausgesprochen großes Talent.«

»Und ist Fabio auch beruflich als Klavierspieler erfolgreich?«

»Nein, er ist Jurist. Da hat mein Onkel Manuele seinen Willen durchgesetzt. Fabio müsste einen, wie er immer sagt, anständigen Beruf lernen. Mein Onkel Manuele kann manchmal sehr stur sein.« Carlo dachte kurz nach. »Ich weiß nicht, ob das die beste Entscheidung war und ob Fabio damit glücklich ist.« Das bezweifelte auch Susann. Sollte man nicht besser, wenn man eine Begabung hatte, dieser auch nachgehen? Susann erspähte noch ein Bild von der Hochzeit von Nicoletta und Steven. Sie hatten wohl an einem Strand geheiratet und lächelten verliebt in die Kamera. Nicoletta war geschminkt und hatte ihre Haare dunkelblond gefärbt. Steven wirkte mit den geraden weißen Zähnen, den braunen Haaren, die an der Seite etwas kürzer und in der Mitte länger waren und ihn wie einen Soldaten aussehen ließen, und seinen breiten Schultern wie der wahr gewordene *american dream*. Susann ging nochmal die Reihe der Bilder zurück.

»Du kommst sehr nach deinem Vater, Carlo«, sagte sie. Carlo trat neben sie. Susann schaute auf das Familienfoto, das er ihr zu Anfang gezeigt hatte.

»Und Evelina«, fuhr Susann fort, »hat die dunklen Haare von deinem Vater, aber das Gesicht, den schönen femininen Augenschnitt und den hübschen Mund, das hat sie von eurer Mutter. Katie kommt sehr nach ihrer Mutter Morgan, sie sieht ihr ziemlich ähnlich, ist genauso klein und hat dieses elfengleiche Gesicht.«

»Und Eli?«

»Hm, Eli.« Susann sah sich die verschiedenen Fotos an. »Ich finde, er sieht Edmondo nur bedingt ähnlich. Am meisten ähnelt Eli eurem Nonno Salvatore. Wenn du mal dieses eine Bild ansiehst, auf dem er alleine zu sehen ist, die gerade Nase und auch diese stahlblauen Augen, das haben Salvatore und Eli beide gemeinsam.« Carlo dachte nach. Da hatte Susann wirklich recht.

»Das erklärt, warum Eli von Nonna immer *tesoro* genannt wird. Bestimmt erinnert er sie an Salvatore.« Susann und Carlo schwiegen kurz. Nun, nachdem Carlo ihr seine Familie vorgestellt hatte, fühlte Susann sich ihm noch näher. Seine Familie war ihm wichtig, das hatte sie deutlich gespürt und dies machte ihn für Susann noch sympathischer. Luca war immer nur seine Firma am Herzen gelegen, sonst nichts. Und wenn es tatsächlich einmal nicht um die Firma gegangen war, dann hatte er sich um seine eigenen Bedürfnisse und Befindlichkeiten gekümmert. Wo Susann und seine Tochter abblieben, war ihm herzlich egal gewesen.

»Carlo, darf ich dir eine Frage stellen?«, fragte Susann in die Stille hinein. Carlo, der eben wie sie selbst in Gedanken gewesen war, sah sie überrascht an, vielleicht war es ihr ernster Tonfall, der ihn irritiert hatte.

»Klar. Nur zu.«

»Als ich vor ungefähr einer Woche mit Emilie in der Mall war, habe ich dich gesehen, wie du nach Hause gegangen bist. Ich hatte den Eindruck, du hattest mich erkannt, aber irgendwie schien es dich gestört zu haben, kann das sein?« Susann sah, dass Carlo zögerte, bevor er ihr eine Antwort gab.

»Es tut mir leid. Ich ... es ist schwer für mich, dir so nah zu sein und zu wissen ...« Da hörten sie ein Klopfen an der Tür und nur wenige Sekunden darauf wurde die Tür von einem Mann Ende 60 geöffnet und er und eine Frau traten ein. Susann erkannte sofort, dass es sich bei dem Mann um Carlos Vater und bei der Frau um seine Schwester Evelina handelte. Carlo begrüßte die zwei und Susann fühlte, dass er sich ebenso wie sie von den beiden in ihrer Unterhaltung unterbrochen fühlte, doch natürlich rief bei einem so großen Resort das Tagesgeschäft. Dennoch ließ es sich Carlo nicht nehmen, sie den Eintretenden vorzustellen. Edmondo schien von ihrer Anwesenheit überrascht zu sein. Bei Evelina hatte Susann den Eindruck, dass diese gar nicht so verblüfft war, sie hier zu sehen. Sie blickte Susann freundlich an und Susann hatte das Gefühl, als träfe sie eine gute Freundin nach vielen Jahren wieder. Aber viel wichtiger war Susann eins: Was hatte Carlo ihr sagen wollen? *Es ist schwer für mich, dir so nah zu sein und zu wissen ...*, hatte er begonnen. Und zu wissen, was? Susann nahm sich vor, Carlo zu fragen. Sie wollte wissen, was er ihr hatte sagen wollen!

6. Kapitel

»Carlo, woher kennst du diese Susann?«, fragte Edmondo am späten Nachmittag, als die ersten Bewerbungsgespräche und das Meeting mit dem Architekten vorüber waren.

»Ich habe sie vor zehn Tagen am Flughafen kennengelernt, als ich wieder hier angekommen bin. Sie und ihre Tochter machen Urlaub hier im Resort«, sagte Carlo die Halbwahrheit. Von dem Treffen vor zehn Jahren wollte er seinem Vater noch nicht erzählen. Davon wusste sowieso nur Evelina und ihm nun die ganze Geschichte zu erzählen, das wollte Carlo auf keinen Fall. Edmondo bildete sich schnell eine Meinung über Leute und Carlo spürte, dass ihm Susann so wichtig war, dass er eine schnell getroffene Meinung seines Vaters, die Susann seiner Ansicht nach vielleicht nicht gerecht werden würde, nicht hinnehmen konnte.

»Ihre Tochter? Dann ist die Signora verheiratet, oder?«, fragte Edmondo nach. Er schien bereits etwas zu ahnen. Wer mochte es ihm auch verübeln? Carlo hatte sich in den letzten Jahren nicht mit vielen Frauen umgeben. Da war es verständlich, dass sein Vater nun eigene Schlüsse zog.

»Ich gehe davon aus, dass sie verheiratet ist, sie ist ebenfalls im Tourismusbereich tätig oder war es zumindest und ich unterhalte mich sehr gerne mit ihr. Außerdem, und das ist der Hauptpunkt, warum wir uns heute über den Weg gelaufen sind, versteht sich ihre Tochter Emilie sehr gut mit Maurizio.«

»Vielleicht ist sie ja geschieden wie Renato, die zwei gäben doch ein schönes Paar ab, findest du nicht?«

»Ja, sicher«, sagte Carlo und er schaffte es nicht, die Anspannung aus seiner Stimme zu verbergen. Edmondo öffnete den Mund, um etwas zu erwidern, da klingelte das Telefon. Carlo nahm den Anruf entgegen. Es war eine Bewerberin für die Stelle der Rezeptionsleitung. Carlo notierte sich den Namen der Dame und sagte ihr, dass die Stelle noch nicht besetzt sei. Nachdem er aufgelegt hatte, wollte er seinem Vater schon von der Bewerberin erzählen, doch da kam Michela ins Büro.

»Eli ist vor einer Viertelstunde gelandet. Ich dachte mir schon, dass das Gespräch mit dem Architekten länger dauert, deshalb holt Evelina ihn vom Flughafen ab«, sagte sie. Carlo hatte sich vorgenommen, dass er seinen Bruder abholte, aber vielleicht war es ganz gut, wenn Evelina ihren kleinen Bruder am Flughafen erwartete. Sie hatten nun etwas Zeit, das Meeting mit dem Architekten Revue passieren zu lassen. Carlo besprach die wenigen Änderungen, die sie vornehmen wollten, mit seinem Vater. Edmondo hatte noch immer mehr Erfahrung im Tagesgeschäft mit dem Resort und Carlo schätzte die Meinung seines Vaters sehr.

»Evelina und Eli sind sicher gleich da, dann gehen wir mal«, sagte Carlo.

»Geh du schon einmal vor«, sagte Edmondo. »Ich räume hier noch etwas auf.«

»Das kannst du doch auch später machen, oder ich mache es morgen, Papà. Nonna hat bestimmt gekocht, dass sie ganze Legionen versorgen könnte, und dann kannst du Eli gleich hallo sagen.«

»Ich habe deinen Bruder ja erst vor einer Woche gesehen. Geh du ruhig schon mal vor.« Carlo sah seinen Vater irritiert an. Manchmal verstand er ihn nicht. Auf der einen Seite bedauerte Edmondo es, dass er zu Katie und Eli, vor allem aber zu Eli, keine väterliche Beziehung hatte, auf der anderen Seite, fand Carlo, bemühte sich sein Vater auch nicht wirklich darum, dass sich daran etwas änderte.

Evelinas schwarzer Kombi bog in die Auffahrt zum Resort. Nach kurzem Zögern stieg Eli aus. Carlo hatte seinen Bruder erst vor wenigen Wochen gesehen, doch Eli schien in diesen Wochen noch etwas dünner geworden zu sein. Er war blass und sah ziemlich geschafft aus.

»Es ist so schön, dich wieder hier zu haben, *tesoro*«, ergriff Michela die Initiative. Sie drückte Eli an sich und Eli erwiderte die Umarmung herzlich.

»Ciao, *nonnina*.«

»Du bist wirklich sehr dünn geworden, aber das wird schon wieder, du wirst sehen. Hier kannst du dich vielleicht ein bisschen besser erholen als in London, da ist es immer so laut.« Michela hatte sich noch nie für Großstädte begeistern können.

»Das hoffe ich auch.« Eli klang wenig überzeugt.

»Du warst schon so lange nicht mehr hier. Ich freu mich so«, sagte Michela und strich Eli über die Wange. »Jetzt muss ich aber in die Küche, sonst brennt mir alles an.« Damit eilte Michela ins Haus.

Renato hatte sich ebenfalls zu ihnen gesellt. Als Carlo noch immer etwas befangen stehen blieb, erwiderte Renato: »Hey, Eli, kochen die Engländer wirklich so schlecht, Cousin, du musst doch jetzt nicht mehr auf dein Gewicht achten, oder?« Renato sagte immer das, was er dachte. Carlo sah auf seinen kleinen Bruder und Eli grinste.

»Renato, es ist auch schön, dich zu sehen, wie geht's den Kindern?« Eli und Renato umarmten sich ebenfalls.

»So weit ganz gut, die werden sich freuen, dich endlich mal wiederzusehen, das ist ja doch etwas länger her, seit du das letzte Mal hier warst.« Elis Blick ging schließlich zu Carlo, der bis jetzt noch nichts gesagt hatte.

»Ciao, Carlo. So, da bin ich also«, sagte Eli. Er lächelte

dieses schiefe, traurige Lächeln, das seit dem Unfall eine noch melancholischere Wirkung hatte.

»Es ist wirklich schön, dass du jetzt hier bist.« Carlo umarmte Eli zögerlich. Eli erwiderte die Umarmung ebenso zurückhaltend. Sie hatten sich, als sie sich die letzten Male in London gesehen hatten, nie umarmt. Da die anderen nun aber damit angefangen hatten, beschloss Carlo, dass er Eli ebenfalls umarmte. Sich so herzlich zu begrüßen, war etwas, dass er seit dem Streit mit Eli nicht mehr gewohnt war, doch Carlo hatte sich vorgenommen, die Vergangenheit endlich ruhen zu lassen.

»Nonna übertrifft sich gerade selbst, mit dem, was sie da in der Küche alles zaubert. Sie hat Risotto gemacht, ich weiß nicht welches, aber so, wie sie sich angehört hat, glaube ich, drei verschiedene *Risotti*. Und – weil sie wusste, dass du kommst – einen Kalbsbraten und noch Kartoffeln als Beilagen in allen Varianten und als Nachtisch gibt's verschiedene Cremes und Gebäckstücke«, sagte Carlo.

»Klingt, als sollte ich gemästet werden, aber gut, dann hat sich ja nichts geändert.« Eli seufzte kurz. »Das sollte jetzt nur ein Spaß sein, ich finde es sehr lieb von ihr und ich habe heute sowieso noch kaum etwas gegessen.«

»Für ihren *tesoro* immer«, erwiderte Renato. *Tesoro*, Schatz, so wurde Eli von Michela schon immer genannt. Eli hatte erst gedacht, dass sie alle ihre Enkel so nannte, aber *tesoro* war ganz allein sein Kosename, schon immer gewesen und wohl immer noch.

Eli zog ins Gästezimmer im ersten Stock. Er hatte zwei große Reisetaschen dabei. Carlo hatte ihm eine nach oben getragen und so standen sie in dem Raum, der nun für die nächste Zeit Elis Zuhause werden sollte. Das breite Bett stand in der Dachschräge. Vom Fenster aus hatte Eli einen schönen Ausblick auf den Garten und den Pool. Maurizio und Filippo hatte Eli schon begrüßt, wobei er bei Filippo das Gefühl hatte, dass sich dieser nicht wirklich an ihn hatte erinnern können.

»Ich hoffe, du fühlst dich hier wohl«, meinte Carlo ernst.

»Es wird schon werden. Ich telefoniere gleich noch mit Mum und Katie und sage ihnen, dass ich gut angekommen bin.« Sie schwiegen kurz.

»Du wirst sehen, hier kommst du auf andere Gedanken. Nach diesen ganzen Sachen in letzter Zeit. Der Unfall, die Trennung von Chelsea ...«

»Carlo«, unterbrach Eli ihn. »Bitte lass es einfach. Ich möchte gar nicht mehr über den Unfall oder über sie nachdenken. Okay?!«

»In Ordnung.« Carlo akzeptierte Elis Wunsch, wenn auch etwas widerstrebend.

»Und bei dir ist alles gut?«, fragte Eli, als sie einige Augenblicke geschwiegen hatten.

»Ja, zurzeit ist ja noch nicht so viel Betrieb. Die Ruhe vor dem Sommeransturm.«

»Stimmt. Evelina meinte, du hast dich in eine Frau verguckt, die hier Urlaub macht?!«, fragte Eli und sah seinen Bruder gespannt von der Seite an.

»Evelina ist manchmal wirklich eine Klatschtante. Sie, Michela und Renato übertreiben und interpretieren viel zu viel in die Situation hinein. Susann ist bereits verheiratet und hat eine Tochter.« Eli zog sich seine Jacke aus und öffnete eine der Reisetaschen.

»Vielleicht ist diese Susann ja geschieden.«

»Sicher nicht, wenn du siehst, was für eine Frau sie ist! Sie ist freundlich, höflich, hat Humor und ist eine großartige Mutter. Es macht mir so viel Freude, mich mit ihr zu unterhalten, und sie sieht auch noch gut aus.

Niemand würde sich von so einer wundervollen Frau trennen, Eli.«

Eli sah Carlo überrascht an. »Aha, aber Renato, Evelina und Michela übertreiben!?«

Bevor Carlo darauf etwas erwidern konnte, kam Edmondo ins Zimmer.

»Ich musste noch etwas erledigen. Eli, schön, dass du jetzt hier bist.« Edmondo und Eli schüttelten sich die Hände. Die Distanz zwischen den beiden war fast greifbar. Edmondo schien dabei mehr darunter zu leiden als Eli. Eli wirkte zwar durch seine Statur und seine derzeitige Stimmung ziemlich mitgenommen, doch als Edmondo ins Zimmer gekommen war, hatte Carlo eine Veränderung bei Eli wahrgenommen. Wie um zu demonstrieren, dass er alleine zurechtkam, hatte er sich gerade hingestellt und Edmondo mit einem festen, unnachgiebigen Blick gemustert.

»Wie war der Flug?«, fragte Edmondo weiter.

»War ganz in Ordnung. Pünktlich und ohne Turbulenzen.« Die zwei machten es sich wirklich nicht leicht. Carlo hätte beide gerne geschüttelt. Hatte der Unfall nicht gezeigt, wie schnell das Leben vorbei sein konnte? Konnten sie sich dann diese Distanz, diese ewigen Machtspiele eigentlich guten Gewissens noch leisten?

»Papà, Carlo, Eli. Das Essen ist fertig!«, rief Evelina von unten. Eli telefonierte noch kurz mit seiner Mutter und Katie, dann folgte er den anderen nach unten.

Michela hatte sich dieses Mal wirklich selbst übertroffen. Als sie ins Erdgeschoss kamen, empfing sie ein köstlicher Geruch nach Braten. Carlo merkte, wie viel Hunger er hatte. Sie setzten sich alle an den Tisch und Eli blieb zunächst etwas verloren stehen.

»Setz dich neben mich, *fratellino*«, sagte Evelina, die

glücklich war, ihren kleinen Bruder nun öfter zu sehen. Eli sah Evelina dankbar an. Er konnte keine einzige Entscheidung mehr treffen. Er fühlte sich verloren, selbst in seiner eigenen Familie. Eigentlich in seinem ganzen Leben. Haltlos, ziellos, einfach … hoffnungslos verloren. Und das machte ihm Angst. Als hätte er bei dem Unfall einen Teil von sich selbst verloren. Irgendwie konnte er ohne diesen Teil zwar die Tage, einen nach dem anderen, ertragen, aber das war nicht mehr sein Leben. Er sah auf seinen Teller und zwang sich, zumindest das meiste davon zu essen. Es schmeckte wie immer großartig, doch nach ein paar Bissen hätte er am liebsten alles von sich geschoben.

»Wie läuft es, für Benedetta einen Ersatz zu finden?«, fragte Michela an Carlo gewandt.

»Wir bekommen recht viele Bewerbungen und die Bewerber, die ich schon eingeladen habe, sind alle sehr nett und wirklich extrem engagiert, aber ich denke, als Leitung für die Rezeption sind viele zu jung, ein paar haben noch keine Berufserfahrung sammeln können. Ich hatte mir eher schon einen älteren Bewerber mit Berufserfahrung und vielseitigen Sprachkenntnissen vorgestellt. Wir bräuchten jemanden, der Holländisch versteht, zumindest in den Grundzügen, Deutsch wäre ebenfalls von Vorteil.« Carlo ging im Kopf die Bewerber durch. »Vorhin habe ich den Anruf einer Frau bekommen, die sich ebenfalls für die Stelle interessieren würde. Ich habe ihr gesagt, dass wir noch keine Entscheidung getroffen haben und die Stelle noch immer vakant ist, von ihr bekommen wir also auch noch eine Bewerbung und so, wie sie sich am Telefon angehört hatte, klang es vielversprechend.«

»Ach ja«, erwiderte Edmondo erfreut. »Hat sie zurzeit eine Stelle und wie sieht es mit ihren Sprachkenntnissen aus?«

»So viel hatte sie am Telefon nicht erzählt. Sie heißt Angelina Ferrara und arbeitet in einem großen Hotel in Ca´Sogno. Laut eigener Aussage spricht sie mehrere Sprachen fließend. Ich bin schon gespannt auf ihre Bewerbung.

»Geht Benedetta in den Ruhestand?«, fragte Eli unvermittelt und sah von seinem Teller auf.

»Ja, in drei Monaten«, erwiderte Edmondo.

»Wow, das wird eine ziemliche Umstellung, ich kann mich gar nicht erinnern, dass sie einmal nicht hier war«, entgegnete Eli.

»Das stimmt, sie hat jetzt seit über 42 Jahren hier gearbeitet. Es ist echt ein herber Schlag, sie gehen lassen zu müssen, sie wird wirklich eine große Lücke hinterlassen. Ich schreibe ja schon an der Abschiedsrede und ich sage dir, da kommt einiges an Erinnerungen und Erlebnissen zusammen.« Da musste Eli Carlo zustimmen.

»Eli, ich habe eine großartige Idee, wieso übernimmst du ihren Job nicht?«, schlug Edmondo vor. Eli sah zu seinem Vater. Carlo sah nur kurz zu Eli, dann entgeistert zu seinem Vater. Evelina schaute Edmondo ebenso verwirrt an. Auch Renato hatte skeptisch eine Augenbraue nach oben gezogen.

»Wäre das nichts für dich?!«, hakte Edmondo noch einmal nach, als Eli weiterhin schwieg.

»Nein, ich denke nicht«, murmelte Eli und seine Schultern sackten fast unmerklich nach vorne.

»Wieso nicht?«, fragte Edmondo weiter.

»Weil Carlo eben gesagt hat, dass es gut wäre, wenn man für diese Stelle Holländisch und Deutsch, zumindest in den Grundzügen, beherrschen würde. Ich weiß, wir stehen uns nicht besonders nah, Edmondo. Aber glaub mir, du würdest wissen, wenn ich plötzlich Deutsch und

Holländisch sprechen könnte.« Es war kurz still am Tisch. Carlo empfand Elis Antwort als ziemlich rüde, doch warum hatte sein Vater ihn auch fragen müssen?

»Du hast doch jetzt Zeit, dann lernst du es halt«, ließ Edmondo nicht locker.

Eli sah auf und blickte seinen Vater gereizt an.

»Ich habe kein Interesse, an der Rezeption zu arbeiten, in Ordnung!?« Eli schob den Stuhl zurück, stand auf und räumte seinen Teller in die Küche.

Edmondo schüttelte den Kopf, doch Carlo war sich recht sicher, dass niemand am Tisch ihn verstehen konnte.

Am späten Abend begann es zu regnen. Evelina war schon in ihr Apartment im Hotelgebäude gegangen, als die ersten Tropfen gegen die Scheibe schlugen. Nur zehn Minuten später blitzte es und der Donner folgte wenige Sekunden darauf. Carlo saß mit Renato bei ihrem abendlichen Glas Wein zusammen. Diese abendlichen Treffen am Wochenende, wenn Renatos Kinder im Bett waren und es im Haus still wurde, waren ihnen zu einem angenehmen Ritual geworden. Als der Donner noch gar nicht richtig verklungen war, hörten sie schon tapsige Schritte die Treppe herunterkommen. Es war Filippo.

»Na, bist du durch den Donner aufgewacht?«, fragte Renato und schloss Filippo, der noch etwas schläfrig war, in die Arme. Kurz darauf kam auch Maurizio nach unten.

»Ich wäre durch den Donner gar nicht wach geworden, Papà, aber Filippo hat die Zimmertür so laut zugeschlagen«, sagte Maurizio, der natürlich wieder den Coolen geben musste. Als es ein weiteres Mal laut donnerte und Maurizio ängstlich zusammenzuckte und etwas näher zu seinem Vater rückte, huschte ein wissendes Lächeln über Renatos Gesicht.

»Ja, sicher«, sagte er nur und legte einen Arm um Maurizios Schultern. »Dann bringe ich euch zwei Wilden wieder ins Bett. Vielleicht lese ich euch noch etwas vor?« Filippo nickte und Maurizio sagte: »Au ja, Papà, ich weiß auch schon was!«, und nahm Renatos rechten Arm, damit er ihm eiliger folgte.

»Tja, Carlo, die Pflicht ruft, wie du siehst. Schlaf gut.«

»Du auch.« Carlo freute sich für Renato, dass er die Jungs hatte. In solchen Momenten wurde ihm wieder bewusst, wie alleine er war. Ob Susann ebenfalls von Emilie geweckt worden war, weil sie durch den Donner aufgewacht war? Hatte Susann schon geschlafen? Für einen kurzen Moment stellte sich Carlo vor, wie es war, in der Früh aufzuwachen und Susann neben sich zu wissen. Diese Vorstellung erfüllte ihn mit so vielen Glücksgefühlen, dass ihm fast schon schwindelig wurde, wenn er daran dachte. So etwas solltest du dir noch nicht einmal denken, sagte er sich ärgerlich. Carlo trank sein Glas aus, stellte es in die Spüle und ging ebenfalls nach oben in sein Zimmer, wo sein Bett wie immer leer auf ihn wartete, seit er sich von Gianna getrennt hatte. Im Gästezimmer war noch Licht und Carlo überlegte, ob er klopfen sollte, um zu sehen, wie es Eli ging. Carlo stand vor dem Zimmer und dachte erst nach, ob es das Richtige war. Dann schalt er sich, dass er immer zu viel überlegte, und klopfte einfach.

»Na, du bist noch wach?«, fragte Carlo, nachdem er das Zimmer auf Elis »Pronto« hin betreten hatte. Eli lag auf dem Bett und blätterte in einer Motorradzeitschrift.

»Ach, du kennst das ja. Ich schlafe zurzeit einfach nicht gut, das ist alles.« Eli schlug die Zeitschrift zu und legte sie neben ein dickes Buch, das auf dem Nachtisch lag.

»Aber ich sehe, du hast genug zum Lesen«, sagte Carlo fröhlich, obwohl er eher besorgt war.

»Ja, ich habe noch mehrere Bücher und Zeitschriften dabei. Also der Lesestoff geht mir sicher nicht aus.« Carlos Blick fiel auf die offene Packung mit Schlaftabletten. Doch er wollte nichts dazu sagen. Er neigte seit dem Unfall dazu, Eli immer in Watte packen zu wollen, und das war seinem Bruder gar nicht recht, dies wusste Carlo nur zu gut.

»Wenn doch, könntest du ja im Zeitschriftenladen in der Mall ein paar Bücher kaufen. Der hintere Teil des Ladens wurde Ende letzten Jahres erweitert und jetzt haben wir dort auf Englisch und Italienisch viele Titel verfügbar, einige auch auf Deutsch und Holländisch.«

»Dann könnte ich ja wirklich anfangen, Deutsch zu lernen, oder? Und wenn ich auch noch ein bisschen umgänglicher mit Leuten wäre, dann wäre ich der beste Kandidat für die Stelle in der Rezeption«, sagte Eli grinsend. Carlo wusste nicht, ob er es nur als Scherz meinte oder ob Edmondo beim Essen einen wunden Punkt getroffen hatte.

»Ach, hör nicht auf das, was Papà heute beim Essen gesagt hat. Er hat es nicht so gemeint, das war eine schnelle Idee von ihm, mehr nicht.«

Eli zuckte nur die Schultern. »Ja, das denke ich auch.« Etwas fröhlicher erwiderte er. »Aber es ist gut zu wissen, dass es jetzt auch eine Möglichkeit im Resort gibt, um fremdsprachige Bücher zu kaufen, war schon lange nötig, finde ich. Dann schaue ich da morgen gleich mal vorbei. Übrigens, was ich dich fragen wollte, hier liegen alle Unterlagen zu den Umbaumaßnahmen, die in den letzten Jahren im Resort durchgeführt wurden.« Eli hatte auf die Ordner gezeigt, die auf dem Tisch unterhalb des Fensters lagen. »Kann ich mir die mal ansehen? Ich habe zwar heute zu Edmondo gesagt, dass mich hier nichts interessiert, aber was sich in letzter Zeit verändert hat, möchte ich schon wissen.« Carlo freute sich. Das war mehr, als er Eli zugetraut hätte. Die Dokumente, Notizen und alten Pläne hatte er mit nach Hause genommen, um sie zu ordnen und zu sortieren. Dass Eli sich damit nun befassen wollte, überraschte ihn.

»Klar, schau dir ruhig alles an. Ich habe die ganzen Sachen aufbewahrt, um einmal alles zu ordnen und die verschiedenen Baufortschritte zu dokumentieren.«

Carlo sagte seinem Bruder gute Nacht und ging in sein eigenes Zimmer. Kurze Zeit später legte er sich ins Bett, doch der Schlaf wollte zunächst nicht kommen. Carlo verschränkte die Arme hinter dem Kopf und sah an die Zimmerdecke. Er fühlte sich in diesem Haus, in dem doch jetzt so viele Menschen waren, die er liebte, so alleine, so unendlich einsam. Und nur sie, nur Susann konnte diesen Zustand ändern. Carlo schloss resigniert die Augen. Er musste sie vergessen, es hatte keinen Sinn. Doch in seinen Träumen war sie wieder da.

Die nächsten Tage konzentrierte sich Carlo voll auf die Arbeit. Zumindest versuchte er es. Doch Susann tauchte in jeder ruhigen Sekunde, in der er sich einmal nicht beschäftigte, vor seinen inneren Augen auf und so begleitete sie ihn jeden Tag. Die Fotos in dem Eichenschrank erinnerten ihn daran, dass er Susann seine Familie vorgestellt hatte und sie zusammen eine längere Zeit in diesem Raum gewesen waren. Beinahe kam es ihm vor, als könnte er ihr Parfum riechen. Er erinnerte sich daran, wie schwer es für ihn war, ihr nahe zu sein und zu wissen, dass er niemals mit ihr zusammen sein konnte. Er dachte an Susanns sinnlichen Mund, der ihn reizte, sie zu küssen, sie zu liebkosen, ihre weichen Lippen auf den seinen zu spüren. Wenn er die Balkontür offen hatte und er ein Lachen draußen von der Rezeption oder dem Café hörte, hörte er nur noch das glockenhelle Lachen von Susann und er fühlte, wie sein Herz einen Sprung machte. Gleichzeitig hatte er das Gefühl, dass er jeden Tag, den er sie nicht wirklich sah, nur halb lebte. Wie konnte sie nur so einen großen Einfluss auf ihn haben? Carlo versuchte sich auf die Probleme in seiner Familie zu konzentrieren. Er merkte deutlich, dass zwischen seinem Vater und seinem Bruder Spannungen entstanden und jeder fürchtete, dass sich diese Spannungen in einem großen Streit entluden. Außerdem war inzwischen die Bewerbung von Angelina Ferrara eingetroffen. Wie gehofft, war sie die ideale Besetzung für die Stelle der Rezeptionsleitung. Angelina sprach neben Italienisch und Englisch auch Holländisch und Deutsch nahezu fließend und hatte zudem Kenntnisse in Russisch und Rumänisch. Bei einem Vorstellungsgespräch hatte er sie kennengelernt und er war von ihrem Engagement und ihrer Motivation sehr beeindruckt. Angelina hatte um mehrere Tage gebeten, in denen sie das Team kennenlernen konnte, als Carlo ihr, nachdem er sich mit seinem Vater beraten hatte, eröffnete, dass sie die Favoritin für die Stelle sei.

Carlo hatte Susann nun schon seit drei Tagen nicht mehr gesehen. Emilie war einmal zum Spielen mit Maurizio gekommen. Außerdem hatte Maurizio sie überreden können, bei der Exkursion durch die Lagune für Kinder mitzumachen. Carlo fand es schön, dass sich Emilie so gut mit Maurizio verstand. Sie schien sich hier sehr wohl zu fühlen und Carlo hoffte, dass es Susann ebenso ging. Susann schien manchmal sehr nachdenklich, als würde sie etwas belasten, und er hoffte für sie, dass sie ihre Sorgen im Resort ein bisschen vergessen konnte. Emilie zumindest schien es zu gelingen. Sie war glücklich!

Carlo beneidete Emilies Vater. Er selbst hätte gerne eine Tochter wie Emilie. Doch wie es aussah, würde er in nächster Zeit so schnell keine eigene Familie gründen.

Renato arbeitete die komplette kommende Woche von zu Hause aus, weil sein Vater Manuele nun die gesamte Woche im Resort am Gardasee war und dort die Stellung hielt.

»Wenn ich auch noch dort im Büro bin, dann geht's mir mit Papà irgendwann so wie Eli mit Edmondo. Das ist zu viel und so sehen die Kinder mich dann zumindest öfter.« Carlo war das nur recht, er unterhielt und besprach sich gern mit Renato.

Beim Abendessen hatte Carlo einen alten Resortprospekt dabei, den er seinem Vater zeigte.

»Ich plane, unsere Werbemittel und den Prospekt neu entwerfen zu lassen.« Edmondo sah durch den Prospekt und auf die Änderungen, die Carlo im Prospekt und auf Haftnotizzettel geschrieben hatte.

»Sehr gut. Soll ich Marcello anrufen und ihn fragen, ob er uns ein Angebot machen kann? Du weißt schon, Marcello Mazzini, er hat eine Werbefirma in Bozen.«

»Ja, das wäre super und er freut sich sicher, wenn er mal wieder was von dir hört, Papà.« Marcello war Edmondo sehr ähnlich. Sie hatten sich, als Marcello vor Jahren im Resort Urlaub machte, kennengelernt. In letzter Zeit hatten sie nicht mehr viel Kontakt, was Edmondo selbst sehr bedauerte.

»*Tesoro*, schmeckt's dir nicht?«, fragte Michela Eli besorgt. Carlo sah zu seinem Bruder. Eli hatte sein Essen kaum angerührt. Er schien in Gedanken zu sein.

»*Nonnina*, es ist perfekt wie immer, aber ich habe heute einfach keinen Hunger. Es tut mir leid.«

»Keine Sorge, ich verstehe schon, *tesoro*. Lass es einfach stehen«, sagte Michela und strich Eli über die Schulter.

»Warum rufst du Marcello nicht an, Eli? Das wäre doch eine schöne Aufgabe für dich«, erwiderte Edmondo an Eli gewandt. Carlo sah seinen Vater verdutzt an. Eli hatte dem Gespräch zwischen ihnen kaum Beachtung geschenkt und sah nun seinen Vater ziemlich genervt an.

»Welcher Marcello?«, fragte Eli.

»Marcello Mazzini besitzt eine Werbefirma und ist ein alter Freund der Familie. Wenn wir die Werbemittel und den Prospekt neu entwerfen lassen, wäre es eine wunderbare Möglichkeit, ihn damit zu beauftragen. Und es wäre eine schöne Gelegenheit, wie du dich einbringen könntest.«

»Ich will mich nicht einbringen und es interessiert mich nicht, ob die Werbemittel und der Prospekt neu entworfen werden sollen. Wenn er ein alter Freund von dir ist, dann ruf du ihn doch an.« Eli stand auf. »Ich gehe nach oben!«

»Dai. Ich dachte, du möchtest dich hier mehr engagieren«, sagte Edmondo entrüstet. Carlo hatte seinem Vater davon erzählt, dass sich Eli durch die Ordner mit den baulichen Änderungen und Neuerungen des Resorts gelesen hatte. Scheinbar hatte Edmondo wieder mehr erwartet. Carlo sah seinen Vater warnend an, doch dieser nahm keine Notiz von ihm.

»Genau, du dachtest, das hast du ganz richtig ausgedrückt, Edmono.« Eli kostete es kurz aus, dass sein Vater irritiert wirkte. »Ich habe es weder vor, mich hier mehr zu engagieren, noch möchte ich es in Zukunft, und nur weil du dir das gedacht hast, muss es nicht passieren, das hab ich dir schon einmal gesagt. Ich gehe nach oben.«

»Und was willst du dann machen? Willst du jetzt jeden Tag bis Mittag schlafen und dann den ganzen Tag vertrödeln?! Es nervt mich einfach, wenn du erst mittags aufstehst und dann hier ganz verschlafen in Jogginghosen den ganzen Tag herumsitzt, als wärst du eben erst aus dem Bett gefallen!«

»Papà, was soll das denn jetzt?«, fragte Evelina fassungslos. »Jetzt lass ihm doch ein bisschen Zeit, sich hier einzuleben.«

»Das ist doch kein Leben für einen jungen Mann! Eli, du bist 29 und kein Kind mehr, jetzt reiß dich doch mal zusammen, verdammt.« Eli sah seinen Vater voller Zorn an, dann schüttelte er nur den Kopf und murmelte: »Wie du meinst, Edmondo«, und ging nach oben.

»Papà, war das nötig?«, fragte Carlo seinen Vater und er schaffte es nicht, seinen Ärger aus der Stimme herauszuhalten.

»Ach«, maulte Edmondo kurz und stand ebenfalls auf. Er ging in die Küche. Dort nahm er sich einen Drink und ging in den Garten.

Carlo merkte, dass er müde war. Doch er musste mit seinem Vater reden, so konnte es nicht weitergehen! Sein Vater saß am Pool und sah Carlo kurz an, als dieser neben ihn trat, dann sah er wieder auf die Wasseroberfläche.

»Dann sag's mir schon, was habe ich jetzt wieder falsch gemacht?!«, erwiderte Edmondo und nahm einen Schluck von seinem Drink.

»Schau, Papà, ich kann verstehen, was dich aufregt, aber Eli ist momentan noch etwas ziellos, er muss sich erst wiederfinden.«

»Ziellos?! Genau, das wird es sein«, sagte Edmondo leise und schüttelte den Kopf.

»Du meinst, er müsste sich einfach nur zusammennehmen und dann ist alles gut, aber so einfach ist es nicht!« Carlo bemerkte, dass er sich wütend vor seinem Vater aufgebaut hatte. Er wollte seinen Bruder beschützen. Edmondo sah überrascht zu seinem ältesten Sohn.

»Ich kann nichts tun und das ist es, was mich wahnsinnig macht.« Edmondos Stimme war ein Flüstern.

»Ich weiß, so geht es mir auch, aber ich denke, das Beste, was wir tun können, ist, Eli zu zeigen, dass wir da sind, wenn er uns braucht. Ihn jetzt zu zwingen, ist das Falsche, dann blockt er wieder alles ab und ihr bekommt euch in die Haare.«

»Ja, das habe ich auch gemerkt. Ich möchte ihm doch nur das Gefühl geben, dass ich ihn miteinbeziehe und er dazugehört.«

»Dann denke dir etwas aus, was ihm wirklich Spaß macht.«

Edmondo lachte trocken und sah auf das Glas Grappa in seiner Hand.

»Was ihm Spaß macht? Motorradfahren! Und das kann ich ihm nicht mehr geben. Glaube mir, Carlo, egal was es kosten würde, ich würde jeden Preis zahlen, damit Eli seine Karriere, sein Leben, all das, was er vor seinem Unfall hatte, wiederbekommen würde. Aber ich kann es nicht. Ich kann ihm nicht helfen.«

»Dir fällt schon was ein, Papà«, sagte Carlo zuversichtlich.

»Mich freut es, dass zumindest du und Eli euch jetzt wieder besser versteht. Das war schon lange nötig.«

7. Kapitel

»Hier Eli«, sagte Evelina. Sie war sich nicht sicher, ob jetzt der rechte Zeitpunkt war, dass sie versuchte Eli zu helfen, und ob er dies überhaupt zu schätzen wusste. Evelina reichte Eli ein gefaltetes Blatt Papier.

»Das ist die Adresse von einem Psychotherapeuten. Ich weiß, du wolltest es selbst probieren, aber ich denke, manchmal braucht man einfach jemanden, der einem hilft, wieder auf die Füße zu kommen.« Eli nahm den Zettel entgegen.

»Hast du den ausgesucht, weil er dir gefallen hat?«, fragte Eli, als sein Blick auf das kleine Foto neben der Adresse fiel. Es zeigte einen Mann mittleren Alters mit dunkelblonden Haaren.

»Nein, du musst ihn ja nicht nehmen, es war nur ein Vorschlag. Dann such dir selbst jemanden, zu dem du hingehen willst.«

»Nein, passt schon. Dr. Martin Lehmann, das klingt sehr deutsch. Ach, hier steht es auch. Er ist Deutscher und hat auch in Deutschland studiert. Vor etwas mehr als drei Jahren kam er nach Italien.« Eli sah abschätzig auf das Foto und dann auf die Kontaktdaten. Doch dann sah er hoch zu seiner Schwester. »In Ordnung, ich rufe ihn an. Du ... du hast ja recht, ich denke auch, dass ich ein bisschen Hilfe brauchen werde.«

Carlo brauchte einen Moment für sich alleine. Er mochte seine Familie sehr gerne, doch manchmal wurde es selbst ihm zu viel, wie in diesem Augenblick. Dann half es ihm, wenn er sich zurückzog, damit er seine Gedanken ordnen konnte. Es war eine sternenklare Nacht. Der Mond war eine schmale Sichel und leuchtete nur schwach. Carlo beschloss, einen Abendspaziergang durch das Resort zu machen. Normalerweise joggte er, wenn er den Kopf freibekommen wollte, doch jetzt wollte er nur die Stille um sich genießen. Sein Weg führte ihn an der Poollandschaft vorbei, die nun ruhig und im fahlen Licht der Lampen fast mystisch wirkte. Er ging weiter und schlenderte gedankenverloren die schmalen Wege an den einzelnen Plätzen und Bungalows vorbei. Er begegnete einigen Pärchen, die händchenhaltend ebenfalls einen Abendspaziergang machten.

»Carlo?«, hörte er plötzlich eine Stimme und Carlos Herz schlug so laut, dass er das Gefühl hatte, alle Welt müsste es hören. Er sah in die Richtung, aus der die Stimme gekommen war, und erblickte Susann auf der Terrasse ihres Bungalows. Sie saß auf der Eckbank und vor sich auf dem Tisch hatte sie ein Glas Rotwein stehen. Carlo ging näher zu ihr, um nicht zu laut sprechen zu müssen. Anscheinend hatte ihn sein Unterbewusstsein genau in diesen Teil des Resorts geführt. Er wollte sie wiedersehen, wollte Zeit mit ihr verbringen, auch wenn sein Kopf ihm das Gegenteil riet. Doch sein Herz triumphierte über seinen Verstand.

»*Buonasera*, Susann«, sagte Carlo leise.

»*Buonasera*. Es ist schön, dich zu sehen, Carlo. Setz dich doch bitte«, erwiderte Susann und wies auf den Stuhl ihr gegenüber. Sie freute sich, ihn zu sehen, das konnte Carlo deutlich spüren. Susann ging kurz ins Innere des Bungalows und kam mit einem zweiten Glas Rotwein zurück. Sie schloss leise die Tür hinter sich und sagte dann zu Carlo: »Emilie schläft schon.« Dann stellte sie das Glas vor ihm auf den Tisch. »Du leistest mir doch ein bisschen Gesellschaft, oder?«, fragte Susann.

»Sehr gerne«, stimmte Carlo sofort zu. Susann lächelte

und im Schein der Kerze, die auf dem Tisch stand und ihre wunderschönen Gesichtszüge nun mit einem weichen, warmen Licht zu ummalen schien, wirkte Susann wie ein Engel.

»Und, ist dein Bruder gut angekommen?«, fragte Susann.

»Ja, alles passt so weit. Er und mein Vater haben zwar ihren Dauerzwist schon wieder begonnen, aber da kann man wohl nichts machen«, sagte Carlo und nippte an dem Rotwein.

»Aber bitte reden wir nicht über die zwei, wie geht's dir und Emilie hier? Gefällt es euch noch immer so gut wie zu Anfang? Inzwischen seit ihr schon fast zwei Wochen da.«

»Es ist herrlich hier. Emilie blüht richtig auf, wenn sie mit den anderen Kindern spielt. Vor allem Maurizio hat sie sehr ins Herz geschlossen. Ich liebe die Spaziergänge am Strand und am liebsten gehen Emilie und ich zu dem Leuchtturm in der Nähe des Resorts«, erklärte Susann und zeigte mit einer Geste an, wo genau sie langgingen. Carlo hätte Susann stundenlang zuhören können. Er liebte ihre Gestik und Mimik, wenn sie erzählte, wie sie die Stirn kräuselte, wenn sie nachdachte.

»Du meinst *San Manuele*.«

»Es ist großartig, von dort oben aufs Meer zu blicken. Schön wäre es, wenn eine Bank hinter dem Leuchtturm stünde, dann könnte man von dort den Sonnenuntergang beobachten.«

»Du hast recht. Das habe ich mir auch schon immer gedacht, wenn ich dort am Leuchtturm stand«, sagte Carlo lächelnd.

»Ich finde, wenn man so aufs Meer hinaussieht, vergisst man alle Sorgen, alle Ängste, alles, was einen belastet und worüber man im Alltag nachgrübelt«, sagte Susann ehrlich und sah Carlo in die Augen. Sie lächelte kurz, doch Carlo erkannte, dass es dieses Mal kein ehrliches Lächeln war. Dunkle Schatten hatten sich unter Susanns Augen abgezeichnet, als sie eben gesprochen hatte. Irgendetwas belastete sie. Carlo griff über den Tisch nach ihrer rechten Hand. Er strich mit dem Daumen zärtlich über ihren Handrücken. Susann bemerkte, wie sie eine Gänsehaut bekam. Sie versank fast in Carlos grünen Augen und als er seine Hand kurz darauf wieder zurückzog, hätte sie fast traurig geseufzt. Es fühlte sich so herrlich an, wenn er ihre Hand hielt, und ihr Herz verlangte nach mehr. Doch es war albern. Sicher, Carlo und sie waren ungebunden, aber sie konnte nicht hier bei Carlo bleiben und eine Affäre, das wäre unverantwortlich! Sie musste sich um ihre Tochter kümmern und wenn Emilie sich zu sehr an Carlo gewöhnte, dann war es für sie nur noch schwieriger, wieder nach Hause zu fahren. Es würde sowieso schon schwer genug werden, Emilie von Maurizio zu trennen. Die zwei hatten sich in den letzten Tagen angefreundet. Emilie würde sogar morgen bei der Exkursion in die Lagune mitmachen. Sie traute sich oft nicht, einen ganzen Tag in einer ungewohnten Umgebung unter fremden Leuten zu verbringen, wenn Susann nicht dabei war. Doch zusammen mit Maurizio hatte Emilie Freude daran bei der Exkursion dabei zu sein. Carlo blickte Susann an, sie wirkte so traurig, als ob sie etwas belastete. Er wollte sie wieder lächeln sehen! Ohne viel darüber nachzudenken, hatte Carlo ihre Hand genommen und es hatte sich absolut traumhaft angefühlt, doch wie konnte er einfach so dasitzen und die Hand der Frau eines anderen Mannes halten? Es war nicht richtig – selbst wenn es sich noch so wundervoll anfühlte, Susanns Hand zu halten und mit dem Daumen sanft über ihren Handrücken zu streichen.

Daher hatte er schweren Herzens seine Hand wieder zurückgezogen, auch wenn es ihn körperliche Überwindung gekostet hatte.

»Mir ist eingefallen, woher wir uns kennen. Also eigentlich ist es meiner Schwester eingefallen«, verkündete Carlo.

»Echt? Erzähl, woher kennen wir uns?«, fragte Susann gespannt. Sie war bis jetzt trotz langen Nachdenkens selbst nicht darauf gekommen. Sie lehnte sich ein bisschen näher zu Carlo.

»Kannst du dich noch an das Online-Reisebüro in Hannover mit dem Namen *Art & Science Voyages* erinnern?«, fragte Carlo.

»Ja, daraus ist dann *Historytravel Hannover* entstanden«, sagte Susann. »Und die Geschäftsräume befinden sich nun in einem anderen Gebäude in der Innenstadt.«

»Wir hatten uns damals, als es noch *Art & Science Voyages* hieß, im Aufzug kennengelernt, ich wollte ein Praktikum machen und aus familiären Gründen musste ich das Praktikum bereits nach einer Woche beenden, aber an meinem ersten Tag sind wir zusammen im Aufzug festgesessen.« Carlo sah, wie Susann die Stirn wieder so herrlich kräuselte, als sie nachdachte. Sie warf ihm einen langen, intensiven Blick zu. Carlo hielt die Luft an und war wie verzaubert, wenn sie ihn so ansah.

»Gott, das stimmt. Ich kann mich erinnern. Ich hatte ganz viele Kataloge und Prospekte im Arm und die sind mir runtergefallen und du wolltest sie aufheben und dann ...«

»... haben wir uns die Köpfe gestoßen«, beendete Carlo den Satz zusammen mit Susann. Sie sahen sich an und Carlo konnte in Susanns Blick erkennen, dass sie die Stunden im Aufzug tatsächlich noch in Erinnerung hatte, genauso wie er. So viel wie ihm hatten ihr die Stunden sicher nicht bedeutet. Oder vielleicht doch? Zumindest hatte sie die Zeit in guter Erinnerung behalten, denn nun lächelte Susann wieder. Ihr Lächeln ließ ihr Gesicht förmlich erstrahlen. Carlo war glücklich und wie berauscht, er konnte es nicht ertragen, Susann traurig zu sehen.

»Und wie hängt das nun mit deiner Schwester zusammen?«, fragte Susann neugierig.

»Wie meinst du das?«

»Du hast doch vorhin gesagt, dass deine Schwester dich darauf gebracht hat, woher wir uns kennen. Aber wie kam sie darauf?«, fragte Susann.

»Na ja, ich habe ihr damals von dem Stromausfall im Aufzug und von dir erzählt, dass ...«, ich mich total in dich verliebt hatte und es nicht ertragen konnte, dich mit einem anderen Mann zu sehen, lag Carlo auf der Zunge, doch das konnte er nicht sagen. Aber er wollte sie auch nicht belügen. Wieso hatte er verraten müssen, dass ihn Evelina darauf gebracht hatte?

»Ja?«, fragte Susann nach.

»Wie gut wir uns unterhalten hatten und nun hat sich Evelina durch Zufall daran erinnert und mich dann darauf angesprochen, als ich ihr erzählt habe, dass du mir bekannt vorkommst.« Das klang alles so gestelzt, aber Carlo wollte Susann auch nicht in Verlegenheit bringen, wenn er ihr gestand, wie wichtig sie ihm war. Carlo trank seinen Rotwein aus und erhob sich.

»Ich werde nun wieder nach Hause gehen«, sagte Carlo. Susann war ebenfalls aufgestanden. Carlo und sie standen einander gegenüber. Es lag ihr auf der Zunge, ihn zu bitten, noch zu bleiben. Doch das wäre verantwortungslos, sie durfte nicht auf ihr Herz hören! Carlo umarmte sie und Susann hatte das Gefühl zu schweben. Wie lange war es her, dass sie von einem Mann so umarmt worden war? Dass sie starke Arme um ihren Körper gespürt hatte? Beschützende Arme, Arme die Halt gaben, aber auch verwöhnen konnten. Sie drehte den Kopf und war Carlos Gesicht so nah, dass sie ihm ohne Mühe einen Kuss hätte geben können. Sie konnte nicht widerstehen und hauchte ihm auf die rechte Wange einen federleichten Kuss. Carlos Arme umfassten sie noch stürmischer und sie konnte seinen Herzschlag spüren. Fest, regelmäßig, vielleicht ein bisschen schneller als normal? Sie standen längere Zeit so fest umschlungen da. Schließlich, fast schon widerstrebend, löste sich Carlo von Susann.

»Buonanotte, Susann. *Dormi bene*, schlaf gut, *amo...*«, begann Carlo und beinahe hätte er sie *amore* genannt. Carlo lächelte unsicher und drehte sich dann um.

»*Buonanotte*, Carlo, ich würde mich freuen, wenn wir uns die Tage wiedersehen«, sagte Susann und sie winkte ihm nach.

Noch in Gedanken an Susanns Worte und mit aufgewühlten Gefühlen ging Carlo nach Hause zurück. *Carlo, ich würde mich freuen, wenn wir uns die Tage wiedersehen*, hatte Susann gesagt. Dieser Satz machte Carlo unbeschreiblich glücklich und doch war er ratlos. Mit den Fingerspitzen berührte er seine Wange an der Stelle, wo er von Susann geküsst worden war. Er wollte nicht nur eine kurze Affäre mit ihr haben, er wollte mit ihr zusammen sein. Doch war es nicht besser, jeden Moment, den sie ihm schenken konnte, zu nutzen und nicht mehr weiter über das Wenn und Aber nachzudenken? Er wollte sie, er brauchte sie! Noch nie in seinem ganzen Leben hatte er eine Frau so begehrt, sich so danach gesehnt, mit ihr zusammen zu sein. Nicht nur mit ihr zu schlafen, sondern auch die kleinen Berührungen und Gesten. Ein Kuss, eine Umarmung, Herzlichkeiten. Die Unterhaltungen mit ihr genoss er jede Sekunde und er liebte es, sie zu beobachten, wenn sie lachte, schmunzelte, die Stirn kräuselte. Verträumt, noch immer in Gedanken an den Abend, ging er durch das Tor in den Garten.

Carlo sah Eli auf der Schaukel, die an dem großen Baum hing, sitzen. In der Hand hielt er ein Glas. Eli sah ihn überrascht an, als er in den Garten kam.

»Du bist aber noch spät unterwegs, Carlo. Warst du bei der Hübschen aus Deutschland?« Carlo beschloss, dass es keinen Sinn hatte zu lügen.

»Ja, ich bin zuerst ohne genaues Ziel losgegangen und wusste nicht wohin und dann stand ich vor ihrem Bungalow und Susann war noch wach. Wir haben ein Glas Wein zusammen getrunken und uns unterhalten.«

»Und?«

»Und was?«

»Ihr habt euch nur unterhalten, komm, Carlo, sie sieht großartig aus, hat Renato gesagt, da war doch sicher noch mehr.«

»Erstens ist sie mit ihrer Tochter hier und zweitens ist sie verheiratet. Du kannst mir glauben, wir haben uns nur unterhalten, mehr nicht.« Das mit dem Wangenkuss verschwieg er. »Und du? Kannst du immer noch nicht schlafen?«

»Nein. Deshalb genehmige ich mir ja noch einen Drink.«

»Nimmst du noch die Schlaftabletten? Denkst du, es ist dann sinnvoll, dass du so viel …«

»Carlo, bitte, benimm dich nicht, als wärst du mein Vater. Ich kann gut auf mich aufpassen.«

»Weil wir gerade von Vater sprechen. Er hat es mit seinem Vorschlag beim Essen nur gut gemeint.« Eli lachte daraufhin nur leise auf und nahm einen Schluck von seinem Drink.

»Ja, sicher«, murmelte er.

»*Per l'amor di dio!* Um Gottes willen! Könnt ihr zwei aufhören, euch ständig wegen jeder Kleinigkeit in die Haare zu bekommen? Ihr seid alle beide so verbohrt und meint immer, der andere würde euch mit Absicht provozieren. Papà will, dass du dich nicht ausgeschlossen fühlst. Sein Vorschlag war Blödsinn, das ist mir auch klar, aber verdammt nochmal, wir versuchen alle, dir zu helfen, darum leg bitte nicht alles auf die Goldwaage. Ihr seid euch so ähnlich.« Carlo bemerkte, dass seine Stimme lauter geworden war, und daher senkte er sie rasch wieder, bevor er noch die Familie aufweckte.

»Eli, wir machen uns Sorgen um dich, das solltest du einfach nur wissen, und deshalb kommen von uns manchmal bessere, manchmal weniger gute Vorschläge, die musst du ja nicht annehmen.« Carlo sah Eli an und als sein Bruder nichts darauf sagte, dachte er schon, dass dieser wieder eingeschnappt war.

»Dass ihr mir nur helfen wollt, weiß ich ja, Carlo. Ich denke, ich mache es euch auch nicht einfach. Es ist nur so, ich kann gerade nicht anders, obwohl ich selbst gerne etwas daran ändern würde. Evi hat mir heute schon die Adresse von einem Psychotherapeuten gegeben. Ich habe ihr schon versprochen, dass ich hingehen werde, es ist nur so, wenn ...«, Eli zögerte kurz, um die richtigen Worte zu finden, »es ist für mich wie ein Eingeständnis, dass ich es selbst nicht schaffe.«

»Ich weiß, was du damit sagen willst, aber manchmal braucht man Hilfe von jemand anderem, weil man alleine wie vor einer Wand steht«, sagte Carlo, der den Vorschlag von Evelina nicht schlecht fand.

»Ich gehe da jetzt auf jeden Fall hin und sehe einfach, wie ich mich dabei fühle.« Eli sah mit einem gezwungenen Lächeln zu Carlo hoch.

»Na klar. Ich gehe rein, kommst du mit?«

»Ja, ich denke schon.«

Am nächsten Tag war Maurizio schon sehr aufgeregt und gespannt auf die Exkursion.

»Warum darf ich nicht mit?«, fragte Filippo traurig.

»Weil du zu klein bist, *passerotto*«, erklärte Renato und hob Filippo hoch. »Auch wenn du immer schwerer wirst«, fügte er lachend hinzu.

»Ich möchte aber auch mitkommen«, versuchte es Filippo weiter. Er hatte die Arme um Renato gelegt und presste seine Wange an die von Renato.

»Da hättest du bloß wieder vor allem Angst, Fili«, sagte Maurizio und sah seinen kleinen Bruder herausfordernd an.

»Gar nicht wahr!«, rechtfertigte sich Filippo.

»*Invece si*«, widersprach Maurizio.

»*No-o*.«

»*Si-i*.«

»*Ragazzi*. Jetzt ist Schluss. Maurizio, hör auf, deinen Bruder zu ärgern. Onkel Carlo bringt dich hin und du, Filippo, kannst mir ja vielleicht noch so einen tollen Fisch malen. Dann wäre der andere Fisch nicht so alleine.«

»Möchtest du Maurizio sicher nicht zur Exkursion bringen?«, fragte Carlo.

»Mögen würde ich schon, doch ich denke, du solltest Maurizio hinbringen. Susann wird ja bestimmt Emilie auch am Treffpunkt absetzen, dann könnt ihr euch ein bisschen unterhalten. Wer weiß, vielleicht hat sie ja heute noch nichts vor«, sagte Renato nonchalant.

»Cousin, wann hast du beschlossen, mich zu verkuppeln?«

»Hm, du meinst, weil ich meine eigene Ehe so großartig in den Sand gesetzt habe. Aber keine Angst, Carlo. Ich bin davon überzeugt, dass Susann und du großartig zueinander passt. Und da bin ich nicht der Einzige. Evelina, Nonna und auch Eli finden ...«

»Ach komm, bitte, dann kannst du den anderen auch gleich sagen, kümmert euch um eure eigenen Angelegenheiten«, rief Carlo aus und winkte ab. Das konnte ja noch heiter werden, wenn nun alle darauf aus waren, ihn mit Susann zusammenzubringen. Gut, er hatte nicht wirklich etwas dagegen einzuwenden. Er machte sich mit Maurizio auf den Weg zum Treffpunkt. Alle Kinder trafen sich zusammen mit den zwei Exkursionsleitern am Resorteingang. Es waren acht Kinder angemeldet und wie zu erwarten waren Susann und Emilie schon da.

»Ciao, Emilie!«, rief Maurizio ausgelassen.

»*Salve*, Maurizio«, sagte Emilie fröhlich. »Mama, ich verspreche es, ich passe gut auf die Digicam auf. Bitte, darf ich sie mitnehmen?«

»Na gut, Emilie. Aber denk dran, häng sie dir um, wenn du fotografierst«, ermahnte Susann sie.

»Also, euch zwei, viel Spaß«, sagte Carlo. »Und Maurizio, du benimmst dich.«

»Ist gut, Carlo. Das tue ich doch immer.« Die zwei Kursleiter sagten den Eltern, dass sie die Kinder um drei Uhr nachmittags wieder abholen konnten.

»Was machst du heute noch?«, fragte Carlo Susann.

»Ich wollte nach Venedig fahren. Emilie hat keine große Lust, sich Venedig anzusehen, das kommt wahrscheinlich erst, wenn sie älter wird. Und da dachte ich, ich fahre heute alleine hin. Den Kursleitern habe ich meine

Handynummer gegeben, sollte etwas sein.« Carlo dachte nach. Gerne hätte er Susann begleitet. Es erforderte seine ganze Anstrengung, dass er sie nicht fragte, ob es für sie in Ordnung war, wenn er mitkam. Er redete sich ein, dass er genügend zu tun hatte, doch sein Vater war wieder da und es gab zurzeit nun wirklich nicht so viel Arbeit.

»Möchtest du mich begleiten?«, fragte Susann. Carlo sah sie überrascht an.

»Also, nur wenn du willst. Du hast sicher viel zu tun, aber ich dachte nur für den Fall, wenn du gerne mitkommen würdest, dann ... ich würde mich sehr darüber freuen.« Susann merkte, wie ihre Hände zu kribbeln begannen, und dieses Kribbeln bahnte sich langsam einen Weg durch ihren ganzen Körper, als Carlo sie anlächelte.

»Das würde ich sehr gerne, gib mir bitte nur einen Augenblick Zeit. Ich möchte meinem Vater kurz Bescheid geben, dass ich heute nicht ins Büro komme.« Carlo telefonierte schnell und spürte, dass sein Vater irritiert und interessiert zugleich war, doch da musste er sich gedulden. Wenn sein Vater mittags nach Hause ging und seine Mutter Michela ein bisschen ausfragte, würde er sowieso Bescheid wissen.

»Dann muss ich aber darauf bestehen, dass wir mit meinem Boot fahren«, sagte Carlo lächelnd.

»Ja natürlich! Das ist ja herrlich. Ich wusste nicht, dass du ein Boot hast.«

»Es ist nicht sehr groß, aber ich fahre es gerne.«

Carlo ging mit Susann zum Strand. Dort führte ein Holzsteg aufs Meer hinaus, den Susann schon einmal hinausgegangen war. Entlang des Steges waren mehrere Boote festgemacht. Carlo ging bis fast ans Ende des Steges zu einem schmalen Boot. Das Boot war aus rötlichem Holz gefertigt.

»Es hat bereits meinem Vater gehört, der es 2003 gekauft hat«, erklärte Carlo. Er hielt Susann seine Hand entgegen, die sie dankbar ergriff, als sie ins Boot hinabkletterte. Susann strich über das glatte, rötliche Holz.

»Was ist das denn für ein Holz? Es sieht sehr edel aus.«

»Das ist Mahagoni, aber der Rumpf ist aus Fiberglas. Es liegt nur in den Sommermonaten am Steg.«

Nachdem Carlo den Motor gestartet hatte, steuerte er das Boot mühelos hinaus aufs Meer. Der warme Wind blies Susann ins Gesicht und seit vielen Tagen und Stunden voll von Ungewissheiten, unausgesprochenen Ängsten und Einsamkeit fühlte sie sich plötzlich so leicht und frei, dass sie meinte, sie müsste nur die Arme ausbreiten und könnte davon fliegen.

»Dort hinten kannst du *San Manuele* sehen«, erklärte Carlo und deutete hinter sie. Susann sah den Leuchtturm, der wie eine einsame Statue auf der Landzunge thronte und für jede verlorene Seele, egal ob an Land oder auf See, einem Anker glich, an den man sich klammern konnte.

Susann wirkte so glücklich, dass es Carlo sehr zu Herzen ging, sie so zu sehen. Er hätte sie gerne gefragt, wann oder besser gesagt ob ihr Mann vorhatte, noch nachzukommen. Platz im Bungalow wäre noch genug und anmelden musste sie ihn nicht, bevor er nicht da war. Susann wirkte oft so traurig, dass sich Carlo fragte, ob in ihrer Ehe alles in Ordnung war. Gleichzeitig verachtete er sich dafür, dass ihm dieser Gedanke in den Nächten, wenn er sich bewusst wurde, wie einsam er sich fühlte und wie sehr er sich nach Susanns Gesellschaft sehnte, ganz willkommen war, weil er dann eine kleine Chance für sich und Susann sah. Nach kurzem Zögern und einem innerlichen Kampf widerstand er jedoch dem Drang, Susann nach ihrem Mann zu fragen.

»Meiner Mutter würde es hier sehr gut gefallen«, begann Susann. »Sie kommt ursprünglich vom Bodensee und ist dann mit meinem Vater in die Nähe von Hannover gezogen. Das Wasser vor der Haustür hat ihr immer gefehlt.«

»Das kann ich deiner Mutter nachfühlen. Wenn ich längere Zeit nicht am Meer bin, kann ich es gar nicht mehr erwarten, wieder hier zu sein.« Susann sah Carlo liebevoll an, es gefiel ihr, wenn er mit so viel Leidenschaft von den Dingen sprach, die er liebte.

»Was hast du für die Zukunft für das Resort geplant? Wir hatten uns ja letztens über die neue Liegewiese unterhalten. Planst du noch weitere Neuerungen?« Wenn Carlo vom Resort sprach, strahlten seine Augen und Susann hörte ihm so gerne dabei zu und konnte seine Freude für diesen traumhaften Ort für ein paar Augenblicke teilen. Dieses Empfinden war so intensiv und sie kostete die Momente von ganzem Herzen aus. In kaum mehr als zwei Wochen würde sie nur noch von den Erinnerungen an diese intimen und schönen Gespräche mit Carlo zehren können.

»Wir planen den Resortprospekt neu zu gestalten und nun jährlich mit neuen Fotos drucken zu lassen. Die Konkurrenz macht das schon lange. Mein Vater hat einen Freund, der eine Werbeagentur leitet, und mit diesem möchten wir uns in Verbindung setzen.« Carlo steuerte das Boot an mehreren Inseln und Landzungen vorbei und in der Ferne konnte Susann Venedig erkennen. »Außerdem möchten wir unser Sport- und Wellnessangebot für unsere Gäste vielfältiger gestalten und das möglichst das ganze Jahr über anbieten. Sicher hast du schon gesehen, dass wir Tauchkurse anbieten und natürlich die Expeditionen in die Lagune für Erwachsene und für Kinder. Die

Minigolf-Anlage, der Tennisplatz und der Fahrradverleih werden auch sehr stark genutzt, aber in Zukunft möchten wir noch eine Kletterwand und einen Basketballplatz bauen. Schön wäre es, wenn wir auch so etwas wie Ausritte am Strand anbieten könnten, aber dafür fehlen uns einfach die Kapazitäten.«

»Und im Wellnessbereich? Was wollt ihr da verändern?«

»Da sind wir bis jetzt nicht sehr gut aufgestellt, wir bieten Ayurveda-Massagen und Yoga an. Außerdem werden wir neben der Rezeption ein Gebäude für die verschiedenen Spa-Anwendungen bauen, wir möchten auch Kurse für Pilates und Aqua-Aerobic anbieten.«

»Das klingt fantastisch, Carlo«, verkündete Susann lächelnd. Es war herrlich zu sehen, wie sehr sich Susann für die zukünftigen Resortpläne begeistern konnte.

»In Zukunft möchten wir es unseren Gästen auch ermöglichen, im Resort zu heiraten, mit einer Trauung, wenn gewünscht, am Leuchtturm *San Manuele* oder am Strand und Übernachtung in unserer Hochzeitssuite.« Susann sah Carlo überrascht an und spürte, wie sie sich selbst so eine Hochzeit wünschen würde. Doch dieses Mal für immer und nur an der Seite eines Mannes wie Carlo. Sie betrachtete ihn. Seine grünen Augen, die konzentriert den Horizont fixierten und sie sonst so liebevoll betrachteten. Seine muskulösen, gebräunten Arme, die dieses Boot mühelos übers Wasser steuerten. Seine edlen Gesichtszüge und die schwarzen Haare. Susann bemerkte, dass an den Schläfen schon das ein oder andere graue Haar dazwischen war. Doch das machte Carlo für Susann nur attraktiver. Carlo wirkte immer souverän und verantwortungsbewusst und wie nebenbei schien er auch noch für alle Probleme, die er in der Familie mit seinem Vater und seinem Bruder hatte, Zeit und Verständnis aufzubringen. Aber das Herausragendste für Susann war, wie Carlo mit den Kindern umging, voller Ruhe und Verständnis. Diese Eigenschaft hatte Susann bei Luca immer vermisst. Es war ein Aspekt gewesen, dass Luca seine Firma wichtig war, doch dass er seine Familie dabei komplett missachtete, das hatte Susann ihm nicht verzeihen können. Nun, da sie Carlo kennengelernt hatte, wusste Susann, dass ihre Forderung nach ein bisschen mehr Aufmerksamkeit, vor allem auch für Emilie, nicht übertrieben gewesen war. Es hatte nicht nur an ihr gelegen, wie sie sich selbst und auch Luca ihr immer wieder vorgeworfen hatte. Es hätte auch in Lucas Interesse sein müssen, mehr zur Familie dazuzugehören. Susann ermahnte sich, dieses Kapitel nun endlich abzuschließen und positiver in die Zukunft zu sehen. Gerne hätte sie in dieser Zukunft auch Carlo neben sich gesehen, doch hatte er offenbar bei der Vorstellung, eine Beziehung mit ihr einzugehen, Gründe zu zögern, denn sobald sie sich näherkamen, zog er sich zurück. Susann hoffte, dass es nicht an ihrer eigenen Unentschlossenheit lag, die Carlo vielleicht spüren konnte.

Sie näherten sich Venedig. Carlo steuerte gekonnt in Richtung eines Steges, der etwas abseits der Vaporetto-Stationen lag. Er vertäute das Boot und reichte Susann seine Hand, damit sie leichter aussteigen konnte. Die Touristenströme waren noch überschaubar, da sie sich außerhalb der Hauptreisezeit befanden. Susann und Carlo bummelten zunächst in Richtung Markusplatz. Von dort schlenderten sie ein paar kleine Gassen entlang. Sie unterhielten sich über ihre Familien. Susann erzählte von ihrer Schwester Ingrid, ihrer Mutter und von Emilie. Carlo erzählte von den weiteren Plänen, die die Liccardis für ihre Resorts hatten.

»Wir versuchen unser Programm vor allem für die kälteren Monate etwas auszubauen und für unsere Gäste attraktiver zu gestalten. Es freut mich, wenn wir da mit unseren Ideen richtigliegen.«

»Dann werden wir auf jeden Fall nächstes Jahr wiederkommen«, beschloss Susann und sie spürte, wie sie bei dem Gedanken an die Abreise traurig wurde. Eine Rückkehr erst im nächsten Jahr kam ihr wie eine Ewigkeit vor. Carlo war ebenfalls schweigsam geworden. Auch ihm würde dieses Jahr wie ein halbes Leben vorkommen. Die Frage nach Susanns Mann verbannte er aus seinen Gedanken. Er wollte nicht darüber nachdenken, nicht jetzt!

Sie überquerten einen Kanal und ein Gondoliere sprach sie an.

»Kommen Sie, *signori*. Von der Gondel aus sehen Sie ein ganz anderes Venedig. Sind nicht die Kanäle die eigentlichen Straßen von Venedig?« Er wies auf die Gondel.

Eigentlich war Susann für solche Kerle nicht empfänglich, doch die Aussicht, mit Carlo in einer Gondel zu fahren, war traumhaft! Carlo schien weniger begeistert. Vielleicht ist ihm diese Nähe auch zu viel, überlegte Susann. Für viele Liebespaare war es ein Wunsch, einmal mit einer Gondel durch die Kanäle von Venedig zu fahren. Sie beide waren schließlich kein Liebespaar. Und vielleicht wollte Carlo auch nicht, dass man sie für eines hielt. Sie war einen Schritt auf den Gondoliere zugegangen und Carlo hatte bemerkt, dass Susann gerne mit der Gondel fahren würde. Carlo war skeptisch. Es kostete ihn von Minute zu Minute mehr Kraft, dem Drang, Susann zu küssen, zu widerstehen. Wenn sie durch die schmalen Straßen von Venedig gingen oder mit dem Boot fuhren, war es immer wie damals im Fahrstuhl. Sie waren sich so nah, so vertraut, und Susann nach diesen paar Wochen, die für Carlo wie ein Geschenk wirkten, wieder zu verlieren, diese Aussicht war einfach schrecklich.

»Wenn du keine Lust hast, müssen wir nicht mit der Gondel fahren, Carlo«, sagte Susann schnell.

»Doch, ich möchte sehr gerne. Entschuldige, ich war nur eben in Gedanken. Komm, ich helfe dir.« Carlo hielt ihre Hand, während sie in die schmale Gondel stieg. Sie setzten sich eng nebeneinander auf die bequemen Polster. Susann fror ein bisschen und sofort zog Carlo, dem es nicht entgangen war, seine Jacke aus und legte sie ihr zärtlich um die Schultern.

»Danke dir«, sagte Susann und hielt Carlos rechte Hand fest. Carlo kam es vor, als würde seine Hand kleine, feine Stromstöße durch seinen Körper schicken. Er sah Susann an und ertrank fast in ihren schönen Augen. Er hatte noch nie in seinem Leben eine Frau so sehr begehrt! Langsam beugte sich Carlo vor und gab Susann einen Kuss auf ihren bezaubernd sinnlichen Mund, der ihn so sehr aufgefordert hatte, ihn zu küssen. Als seine Lippen die ihren berührten, meldete sich sofort eine zweifelnde Stimme. Was tust du da, rief die Stimme. Sie ist verheiratet und hat eine Tochter! Carlo zog sich wieder zurück, widerwillig und nur unter Aufbringung aller Anstrengung, zu der er fähig war.

»Verzeih mir, das war nicht in Ordnung«, entgegnete er atemlos.

»Warum nicht?«, fragte Susann überrascht.

»Du bist verheiratet!«

»Ich bin geschieden, Carlo.« Carlo sah Susann überrascht an und plötzlich wurde ihr klar, was Carlo die ganze Zeit zurückgehalten hatte. Der überraschte Ausdruck auf Carlos Gesicht verschwand und machte einem breiten Lächeln Platz. Susann hatte dies fasziniert beobachtet. Sie lachte ihr helles Lachen und sagte: »Carlo, du darfst mich gerne küssen, wenn du das möchtest.«

»Das trifft sich gut, denn es gibt nichts, was ich jetzt lieber täte und was ich auch schon den ganzen Tag tun wollte!« Carlo beugte sich zu ihr und Susann fühlte seine verführend warmen Lippen auf ihren. Ihr ganzer Körper sandte ein erregendes Prickeln in jede Stelle, bis in die kleinen Finger und Zehen. Als Carlo unsagbar zärtlich mit seiner Zunge zuerst ihre Lippen streichelte und dann ihren Mund erforschte, kam es ihr vor, als würde sie völlig schwerelos, ohne Kontakt zum Boden mit Carlo davonfliegen.

8. Kapitel

Carlo und Susann fuhren nicht direkt zurück zum Resort. Da sie noch Zeit hatten, bis sie die Kinder abholen sollten, machten sie einen Abstecher nach Murano, die Insel der Glasbläser. Dort bummelten sie die Gässchen entlang und schauten in die Schaufenster. Neben vielen bunten kleinen und großen Tieren aus Glas sahen sie in den Schaufenstern wunderschöne Ohrringe, Ketten und Anhänger. Carlo sah ein Armkettchen mit Anhängern dran, die viele verschiedene bunte Meerestiere zeigten.

»Ich würde dieses Armkettchen gerne für Emilie kaufen, wenn es für dich in Ordnung ist«, sagte Carlo.

»Natürlich, Emilie wird sich sehr freuen und es wird ihr sicher sehr gut gefallen.«

»Das hoffe ich«, sagte Carlo. Susann gab Carlo einen Kuss auf die Wange. Carlo lächelte sie glücklich an und ließ ihre Hand kein einziges Mal, während sie durch die engen Straßen spazierten, los. Konnte es nach all diesen Jahren tatsächlich sein, dass er seine große Liebe, seine einzige Liebe wiedergefunden hatte? Hatte er tatsächlich so viel Glück? Carlo konnte es noch immer nicht fassen und schickte in Gedanken tausend Dankesbotschaften ans Universum. Wie hoch war die Chance gewesen? Und doch war es passiert. Er ging mit Susann händchenhaltend durch Murano und eine gemeinsame Zukunft war nicht weiter ausgeschlossen, sondern konnte Wirklichkeit werden. Überglücklich sah Carlo zu seiner Begleitung und ein Blick genügte, um ihm zu versichern, dass es Susann ebenso ging. Sie schien fast von innen heraus zu strahlen. Sie strich mit ihrem Daumen immer wieder über seinen Handrücken, als würde sie sich jedes Mal aufs Neue vergewissern wollen, dass er tatsächlich an ihrer Seite war. Irgendwann legte Carlo einen Arm um Susann und sie kuschelte sich an ihn. So bummelten sie weiter durch die Gassen und genossen beide den Moment.

Pünktlich um drei Uhr am Nachmittag fanden sich Susann und Carlo am Resorteingang ein, um die Kinder abzuholen. Die Kinder verspäteten sich etwas und Carlo bemerkte eine kleine Diskussion im Bereich der Rezeption. Matteo sprach mit einem Ehepaar, das soeben mit ihrem Wohnwagen angekommen war. Es war ein holländisches Paar. Matteo sprach englisch mit ihnen, doch anscheinend gab es Verständigungsschwierigkeiten. Carlo ging zu ihnen.

»Matteo, ist alles in Ordnung?«, fragte Carlo. Benedetta hatte ihren freien Tag und Carlo fühlte sich daran erinnert, dass er noch einen Ersatz für sie finden musste. Zum Glück würde Angelina Ferrara, die sich auf Benedettas Stelle beworben hatte, in den kommenden Tagen zum Probearbeiten vorbeikommen. Vielleicht hatten sie Glück und sie wäre gleich die richtige Besetzung für die Stelle. Dennoch wäre Carlo entspannter gewesen, wenn es außer Angelina noch weitere Bewerber geben würde, die ebenso für diese Position passten. Schließlich hatte Signorina Ferrara eine feste Stellung und es sprach noch nichts dafür, dass sie diese Stelle für das Liccardi Resort aufgeben würde.

»Nicht wirklich, es ist etwas schwer. So viel ich die zwei verstehen kann, möchten sie einen bestimmten Platz und sie haben diesen wohl auch per E-Mail reserviert und von uns bestätigt bekommen, doch im System haben wir bereits einem anderen Gast diesen Platz versprochen.« Matteo hatte die Reservierung der beiden in der Hand und im System hatte er die Reservierungsbestätigung des anderen Gastes gesehen. Carlo las sich die Unterlagen durch. Wie hatte denn die Doppelbuchung zustande kommen können? Susann war ihm in die Rezeption gefolgt und hatte dem Gespräch aufmerksam zugehört.

»Darf ich die Reservierung kurz sehen?«, fragte sie Carlo. Er gab ihr den Ausdruck. Dann stellte sich Susann neben Matteo, sodass sie die Buchung im System sehen konnte.

»Ich denke, ich kann helfen«, sagte Susann und wandte sich auf Holländisch an das Paar. Die zwei waren froh, als sie merkten, dass Susann sich mühelos mit ihnen unterhalten konnte. Es dauerte nur wenige Minuten und Susann konnte Matteo und Carlo das Missverständnis aufklären.

»Alles gut, es war tatsächlich nur ein Missverständnis. Die Dame, auf deren Namen die Reservierung im System läuft, ist die Tochter von den zweien. Sie hat kurz vor ihrem Urlaub geheiratet und wird wohl in Zukunft den Namen ihres Mannes tragen. Die Tochter der beiden und ihr Mann kommen bald nach und wohnen dann ebenfalls auf dem Platz. Deshalb haben die zwei hier auch schon die Buchungsbestätigung bekommen. Das Einzige, was im System nun hinterlegt werden müsste, ist, dass in der ersten Woche zwei Gäste auf diesem Platz sind und ab der zweiten Woche dann vier Gäste und ein zweites Auto.« Carlo sah Susann beeindruckt an. Matteo wirkte erleichtert.

»Das ist kein Problem. Ich werde es gleich im System hinterlegen. So, schon passiert. Vielen Dank, dass Sie mir geholfen haben«, sagte Matteo und lächelte Susann an.

»Immer gerne. Dafür wäre ich bei Spaniern und Franzosen total aufgeschmissen.«

»Da könnte ich Ihnen dann wiederum weiterhelfen«,

erwiderte Matteo, der neben Italienisch vor allem diese beiden Sprachen sehr gut beherrschte.

»Wir wären ein gutes Team.« Susann merkte, dass sie sich hier wohlfühlen würde. Die Arbeit und der Kontakt mit den Gästen und das in verschiedenen Sprachen, das hatte ihr schon immer gefallen.

»Signor Liccardi, ist die Stelle von Benedetta noch frei?«, fragte Matteo mit einem Grinsen und wies mit einer Kopfbewegung auf Susann. Carlo sah ebenfalls zu Susann. Es war deutlich zu sehen gewesen, dass Susann Spaß daran hatte, mit den Gästen zu sprechen. Deutsch und, wie er soeben gehört hatte, Holländisch konnte sie fließend. Damit war sie tatsächlich neben Angelina die beste Kandidatin für den Job. Außerdem würde sie ihn damit zum glücklichsten Mann der Welt machen, wenn sie mit Emilie dauerhaft hierbleiben würde. Doch durfte Carlo daran denken? Sollte er wirklich hoffen und in Betracht ziehen, dass Susann zusammen mit Emilie für immer bei ihm bleiben wollte? Das musste er unbedingt einmal mit ihr besprechen. Aber eines wurde Carlo plötzlich bewusst. Würde Susann es überhaupt gefallen, in diesem Liccardi Familienverband zu leben und vielleicht auch im Resort zu arbeiten? Carlo selbst hatte bisweilen Momente, in denen ihm seine eigene Familie zu anstrengend wurde, und zumindest bei Eli und Renato wusste er, dass es ihnen ebenso ging. Evelina lebte ja unter der Woche in Venedig, aber am Freitag, am Wochenende und in ihren Ferien genoss sie sichtlich das Familienleben. Michela war sowieso, wie auch Edmondo, ein Familienmensch. Katie würde gerne öfter zu ihnen nach Italien kommen. Jetzt war es fraglich, wie Susann dazu stand. Als sie die Kinder abholten, trafen sie auf Renato.

»Ich war mir nicht sicher, ob ihr die Kinder abholen

kommt. Hätte ja sein können, dass es bei euch später wird«, sagte Renato und in seiner Stimme schwang deutlich eine Andeutung mit.

»Wenn man mit jemandem zusammen ist, den man sehr gerne hat, ist es ja eigentlich egal, wo man ist«, sagte Susann und nahm kurz Carlos Hand. Renato verstand die Geste und sah begeistert von Susann zu Carlo.

»Susann, wie wäre es, komm doch heute Abend mit Emilie zum Essen vorbei«, lud Renato sie auch schon ein.

»Gerne, wenn wir keine Umstände machen.«

»Ach wo, wir freuen uns, wenn ihr kommt, und Maurizio und Emilie haben sich sowieso schon angefreundet und treffen sich oft. Michela oder ich müssen ihn fast jeden Tag an die Schule und die Hausaufgaben erinnern.«

»Carlo, stimmt es, was Renato sagt?«, fragte Evelina und kam in sein Schlafzimmer, kaum dass er zu Hause war. Sie setzte sich aufs Bett und sah ihn gespannt an.

»Was sagt Renato denn?«, fragte Carlo und suchte in seinem Schrank nach einem dunklen Hemd.

»Och, jetzt tu nicht so. Du und Susann, da läuft also doch etwas zwischen euch?! Komm schon, erzähl!« Evelina hatte sich sein Kopfkissen geschnappt und knetete es nun aufgeregt in den Händen.

»Da gibt es nicht viel zu erzählen. Susann ist geschieden. Außerdem konnte sie sich an mich, nachdem ich ihr von unserem Zusammentreffen im Fahrstuhl erzählt habe, auch wieder erinnern. Mehr kann ich dir gar nicht sagen.«

»Ach komm, das nehme ich dir nicht ab. Ihr seid in Venedig gewesen, die Stadt der Liebenden. Und du willst mir jetzt erzählen, dass ihr nur durch die Gassen geschlendert seid, wie zwei alte Kumpel von früher?«

»Würdest du bitte aufhören, mein Kissen zu bearbeiten, immer wenn du es in der Hand hattest, ist die Füllung entweder nur unten oder nur oben.«

»Och, lenk nicht ab, Carlo.« Evelina klopfte das Kissen zurecht und schwieg kurz. »Ich kann mich einfach noch so gut daran erinnern, wie du von Susann geschwärmt hast und wie enttäuscht du warst, als du herausgefunden hast, dass sie bereits verlobt ist, und jetzt würde ich mich sehr für dich freuen, wenn ihr zusammenkommen würdet. Du hättest es wirklich verdient.« Carlo sah Evelina überrascht an.

»Evi, das ist wirklich lieb von dir.« Er umarmte seine Schwester kurz.

»Dann sag mir zumindest, ob du glücklich bist.«

»Mehr, als ich dir sagen kann.«

Gegen halb sieben kam Susann mit Emilie durch die Rosenpergola in den Garten. Carlo ging Susann entgegen. Sie hatte sich ebenso wie er fürs Essen umgezogen. Die weißblaue Halbarmbluse mit Ornamentdruck umspielte ihre schöne Figur und die weiße, weite Stoffhose betonte ihre langen Beine. Wie so oft in den letzten Wochen ertappte sich Carlo dabei, wie er Susann bewundernd musterte. Zu wissen, dass sie geschieden war, hatte seine Bedenken, sich in eine Beziehung zu drängen, zerstreut und sein Verlangen, ihr noch bedeutend näher zu kommen, nun noch weiter gesteigert. Leider blieb noch eine Ungewissheit. Die Aussicht, sich nun zwischen der Frau entscheiden zu müssen, die er von ganzem Herzen liebte, und dem Resort, verursachte ihm schon jetzt Kopf- und Magenschmerzen. Doch noch ist es nicht so weit, schalt Carlo sich. Noch konnte er die Stunden und Tage mit Susann einfach nur genießen!

»*Buonasera*«, begrüßte Carlo Susann und Emilie. »Schön, dass ihr hier seid.«

»Wir sagen danke, für die Einladung«, erwiderte Susann und hauchte Carlo einen Kuss auf die rechte Wange. Emilie hatte Maurizio bei der Schaukel entdeckt und war gleich zu ihm gelaufen.

»Ah, Susann, es ist schön, Sie wiederzusehen«, wurde Susann von Edmondo begrüßt. Susann gab ihm die Hand und Edmondo deutete einen Handkuss an.

»Wir hatten letztens leider nur kurz das Vergnügen. Machen Sie hier Urlaub? Aus Carlos Antworten konnte ich noch nicht ganz schlau werden«, entgegnete Edmondo süffisant lächelnd. Susann merkte, dass er locker mit ihr flirtete, doch sie hatte nichts anderes erwartet. Edmondo hatte diese Art, auch Menschen, die er nicht gut kannte, in Unterhaltungen zu verwickeln, und er war der geborene Verkäufer. Eine Eigenschaft, die ihm als Leiter des Resorts nicht geschadet hatte.

»Na dann bringe ich mal Licht ins Dunkel, Signor Liccardi. Sie haben recht, ich mache mit meiner Tochter Emilie hier Urlaub.«

»Nennen Sie mich bitte Edmondo, bei Signor Liccardi komme ich mir schon so alt vor, wie ich wahrscheinlich aussehe.«

»Sehr gerne.«

»Ist das Ihr erster Urlaub bei uns im Resort?«

»Ja, Emilie und ich sind das erste Mal hier. Meine Mutter hat uns diesen Urlaub geschenkt. Sie meinte, wir bräuchten beide einmal wieder ein bisschen Zeit, uns zu entspannen und abzuschalten. Die Seele baumeln lassen, so sagt man doch«, sagte Susann lächelnd.

»Ich hoffe, wir konnten Ihre Erwartungen erfüllen?«

»Das auf jeden Fall, ich denke, meine Erwartungen

wurden sogar übertroffen«, sagte Susann mit einem Seitenblick zu Carlo. Es schien ihn zu stören, dass sein Vater sie nun so in Beschlag nahm.

»Papà, welchen Wein sollen wir denn heute aufmachen!?«, rief Evelina von der Terrasse. »Ich denke, wir nehmen den Merlot, oder?!«

»Da werde ich gebraucht«, sagte Edmondo entschuldigend zu Susann, »sonst trinken wir am Ende noch einen Rotwein zum Fisch.« Edmondo ging an Evelina vorbei in den Weinkeller. Evelina sah lächelnd zu Carlo und Susann. Sie wusste, wenn ihr Vater einmal vom Resort anfing, dann gab es für viele Stunden kein anderes Thema, und wenn alles perfekt klappen würde, dann hätte Edmondo noch genügend Möglichkeiten, mit Susann zu sprechen. Dass Carlo sich in Susanns Umgebung wohlfühlte, konnte ein Blinder erkennen. Immer wieder warf er Susann verliebte Blicke zu. Doch was Evelina am wichtigsten war und sie auch am meisten freute, nicht nur Carlo ging es so. Susanns Lächeln wirkte unbeschwert und in Carlos Nähe zu sein, schien sie glücklich zu machen. Sie standen nah beieinander, sodass sich ihre Schultern berührten, irgendwann legte Carlo ihr einen Arm um die Taille.

Carlo war Evelina sehr dankbar. Wenn ihr Vater einmal ins Reden kam, bremste ihn so schnell niemand mehr. Evelina kannte sich gut genug mit Weinen aus und sie kannte ihren Vater, sodass sie genau wusste, wie sie ihn von Susann und Carlo weglocken konnte.

Eben kamen Eli und Filippo in den Garten. Sie waren wohl schwimmen gewesen, denn sie trugen Badeshorts und hatten sich die Handtücher um die Schultern geschlungen.

»Papà!«, rief Filippo, als Renato eben die ersten Salatschüsseln auf den Gartentisch stellte.

»Hey, jetzt wart ihr zwei aber lange beim Schwimmen. War es schön?«

»Ja, total. Ich hab mich getraut vom Beckenrand ins Wasser zu springen«, verkündete Filippo stolz.

»Ja, aber sicher nur mit Schwimmflügeln«, erwiderte Maurizio abwertend.

»Na und?«, entgegnete Filippo, doch er wirkte bereits nicht mehr so euphorisch.

»Wir haben heute total viele coole und gefährliche Tiere bei der Expedition gesehen«, versuchte Maurizio seinen Bruder neidisch zu machen.

»Also, gefährlich waren die nicht«, verbesserte Emilie. »Ich finde es sehr mutig, dass du vom Beckenrand ins Wasser gesprungen bist, Filippo, ich trau mich das auch erst seit diesem Urlaub.« Dieses Kompliment von Emilie schien Filippo dann schon wieder zu versöhnen.

»Emilie, ich trau mich sogar bei unserem Pool hier, wo das Wasser tiefer ist, reinzuspringen. Soll ich es dir beweisen?«, versuchte Maurizio Emilies Aufmerksamkeit auf sich zu lenken. Bevor Emilie dazu etwas sagen konnte, mischte sich Renato ein.

»Maurizio, du springst da jetzt nicht rein. Jetzt geht hier keiner schwimmen, es ziehen sich alle um und waschen sich die Hände und dann gibt es Essen, verstanden.«

Eli lachte herzlich. »Ist ja gut. Du wirst immer ein bisschen garstig, wenn du Hunger hast, weißt du das?«

»Das stimmt doch gar nicht«, sagte Renato, doch so ganz unrecht hatte Eli nicht.

»Eli«, hielt Carlo seinen Bruder auf. »Ihr zwei kennt euch noch nicht, das hier ist Susann. Ich hatte dir von ihr erzählt.«

Und an Susann gewandt sagte er. »Susann, das ist mein Bruder Eli.« Eli war etwas kleiner als sie und einen ganzen Kopf kleiner als Carlo. Er hatte dunkle, kurze Haare, trug dunkelgrüne Badeshorts und hatte ein schwarz-rotes Tattoo an seiner linken Schulter, das bis über seine linke Brust reichte.

»Freut mich«, sagte Eli und gab Susann die Hand. »Sie haben meinem großen Bruder ganz schön den Kopf verdreht.« Susann war kurz erstaunt, lachte dann aber herzlich. Carlo war bei Elis Kommentar etwas rot geworden.

»Eli«, sagte er warnend.

»Dann darf ich es Ihnen ja verraten, Eli. Das beruht auf Gegenseitigkeit«, gab Susann offen zu.

»Umso besser, dann bleiben Sie hoffentlich zum Essen.«

»Ja, Ihre Nonna hat anscheinend genügend gekocht. Jedenfalls hat sie schon gesagt, es würde ihr nichts ausmachen.«

»Auf eines können Sie sich im Hause Liccardi verlassen, Susann. Nonna Michela kocht immer genug.« Susann fand diese Vorstellung heimelig und schön. Konnte man süchtig nach dem Gefühl werden, zu einer Großfamilie zu gehören? Wenn ja, dann war sie auf dem besten Wege, die Liccardis lieb zu gewinnen und einen von ihnen ganz besonders. Susann sah zu Carlo. Sie fand es so schön zu sehen, dass er es genoss, sie und Emilie um sich zu haben.

Carlo war angenehm überrascht. Er hatte befürchtet, dass sich Eli recht einsilbig zeigen würde, doch mit Susann schien er sich auf Anhieb zu verstehen.

Der Rest des Abends verlief so friedlich, dass es Carlo fast wie ein Traum vorkam. Er vergaß, dass er Susann erst vor wenigen Wochen wiedergetroffen hatte. Dass sie jetzt mit ihrer Tochter hier war und mit seiner Familie und ihm am Tisch saß, wirkte so vertraut, dass er weitere tausend Wünsche an diesem Abend ans Universum schickte, dass es nie wieder anders sein möge. Ich möchte diese

Frau nie wieder verlieren, kam es Carlo in den Sinn und er fühlte sich bei diesem Gedanken so jung und unbeschwert wie ein Teenager. Susann saß zwischen Evelina und ihm. Sie scherzte mit Evelina, sprach mit Renato über die Kinder, redete mit Edmondo über die Hotelbranche. Als das Thema auf die Fremdsprachen kam, die Susann beherrschte, wanderte nicht nur Edmondos Blick auffordernd zu Carlo. *Worauf wartest du?* Diese Frage musste niemand aussprechen, Carlo hatte sie sich schon selbst mehrmals gestellt. Insgeheim warf er sich vor, dass es eigentlich keinen Grund gab zu zögern.

»Susann wäre die ideale Kandidatin für den Job«, entgegnete Edmondo ohne lange Vorreden, als Susann und Emilie gegangen und die Kinder im Bett waren. »Sie hat genau die Qualifikationen, die wir suchen. Sie hat Erfahrung und, was mir am wichtigsten ist, ihr würde die Arbeit, dieses Resort am Herzen liegen.« Bei diesen Punkten konnte Carlo seinem Vater, ohne lange zu überlegen, recht geben. Dennoch, was hielt ihn zurück? Hatte er Angst, dass Susann absagte? Und mit ihrer Absage nicht nur den Job, sondern eigentlich auch eine mögliche Beziehung mit ihm ablehnte?

»Morgen und übermorgen kommt Angelina Ferrara zum Probearbeiten, schauen wir mal, wie sie zurechtkommt«, erwiderte Carlo ausweichend.

»Weißt du, Carlo, manchmal verstehe ich dich nicht«, sagte Edmondo kopfschüttelnd. »Dir bedeutet Susann doch etwas.«

»Und genau deswegen kann und will ich sie nicht unter Druck setzen. Und glaub mir, manchmal verstehe ich mich auch nicht.« Carlo ließ seinen Vater zurück und beschloss, einen kleinen Abendspaziergang zu machen.

Der kommende Tag überraschte mit noch wärmerem Wetter als am Vortag, und das Anfang Mai. Angelina war anzusehen, dass sie keine Probleme hatte, die Position von Benedetta voll zu übernehmen. Carlo war froh, dass sie eine passende Bewerberin gefunden hatten. Auch wenn das bedeutete, dass Susann die Stelle nicht bekommen konnte. Aber, hätte sie denn überhaupt in Betracht gezogen, für immer hierzubleiben? Sicher wollte sie schon allein wegen Emilie und ihrer Familie wieder nach Deutschland zurück. Auch wenn kein Mann auf Susann wartete, so waren in Deutschland zumindest ihre Schwester Ingrid und ihre Mutter Margarete.

Carlo traf sich zum Mittagessen mit seiner Schwester Evelina, die sich einen Tag Urlaub genommen hatte.

»Du hast Eli heute zu dem Psychotherapeuten gefahren, oder?«

»Ja, aber ich denke, er wird nicht mehr zu ihm hingehen. Eli sagt, er braucht das nicht«, sagte Evelina und trank einen Schluck von ihrem Eistee.

»Das muss er wissen. Ich denke allerdings schon, dass es ihm guttun würde.«

»Ja, und dieser Martin Lehmann kam mir recht sympathisch vor. Also, auf dem Bild sah er zumindest sehr nett aus«, erwiderte Evelina. Carlo bemerkte, wie ihre Wangen sich leicht röteten.

»Aha«, sagte Carlo nur.

»Was meinst du mit *aha*?«, fragte Evelina.

»Mir kam es gerade so vor, als wärst du Dottore Martin Lehmann mehr zugeneigt. Aber ich kann mich täuschen«, sagte Carlo süffisant grinsend.

»Du täuschst dich, Carlo«, sagte Evelina schnell. »Themawechsel, Bruderherz. Wie geht es denn mit dir und Susann voran? Hast du sie schon gefragt?«

»Was gefragt?«, entgegnete Carlo verdutzt.

»Ob sie die Leitung der Rezeption übernehmen möchte und ob sie den Rest ihres Lebens mit dir verbringen will?«

»Hast du mit Papà gesprochen? Der hat mir nämlich fast dieselbe Frage gestellt.«

»Na, da siehst du, wie offensichtlich es für uns alle ist, dass du und Susann wie füreinander geschaffen seid.«

»So ist es nun auch wieder nicht«, versuchte Carlo zu beschwichtigen.

»Oh doch, nur so ist es. Und außerdem versteht sich die Neue an der Rezeption nicht mit Benedetta. Die Einarbeitung wird also schwierig.«

»Angelina ist gerade den ersten Tag hier. Woher möchtest du das wissen?«

»Ich sag dir nur, was man sich hier so erzählt.« Obwohl sie nicht so viel Zeit im Resort verbrachte, war Evelina in der Regel immer gut informiert, weil sie selbst eine Plaudertasche war und einiges wusste. Dabei gab sie aber nur Informationen weiter, bei denen sie zu hundert Prozent sicher war, dass sie stimmten. Umso mehr war Carlo überrascht.

»Wer sagt denn das?«

»So einige.«

»Wer genau?«

»Ich weiß es von Daniele.« Dem Bäcker? Carlo sah Evelina kritisch an. Wie sollte Daniele denn etwas von den zweien mitbekommen haben?

»Daniele weiß es von Gian, der es von Donata erfahren hat, die es von Vittorio weiß, dass Lorenzo mit Matteo gesprochen hat und er den Eindruck hat, dass sich Benedetta und Angelina nicht ganz grün sind.« Carlo sah Evelina nun wirklich ungläubig an. Er wusste, dass das Resort wie ein kleines Dorf war, und ebenso verbreiteten sich hier die Nachrichten. Wenn eine Mitarbeiterin schwanger wurde, bekam er das in der Hälfte der Fälle schneller über seine Schwester zu hören als von der betreffenden Mitarbeiterin selbst. Aber das war nicht weiter tragisch. Carlo schätzte es, dass sich die Mitarbeiter so gut verstanden. Dies war schließlich einer der wichtigsten Grundsätze des Liccardi Resorts: Die Mitarbeiter sollten sich als ein Team fühlen, bei der Arbeit an einem Strang ziehen und zusammenhalten. Doch bei dieser Neuigkeit musste Evelina sich verhört haben.

9. Kapitel

So ein schöner Tag. Carlo genoss die warmen Sonnenstrahlen, als er nach dem Mittagessen durch die Mall Richtung Büro ging. Die Vögel zwitscherten. Doch eine hitzige Diskussion, die zunehmend lauter wurde, lenkte Carlos Aufmerksamkeit zur Rezeption. Mit eiligen Schritten ging er die Mall hinauf zur Rezeption, um zu erfahren, was vor sich ging. Zuerst fiel Carlos Blick auf Matteo, der mit gehetztem Gesichtsausdruck etwas abseits stand, dann wanderte Carlos Blick zu Benedetta und Angelina, die sich gegenüberstanden und wütend beäugten. Angelina, top gestylt, stand vor einem der Buchungscomputer. Die sonst so entspannte Benedetta sah angriffslustig zu Angelina und hatte ihre Arme in die Hüften gestemmt.

»Erzählen Sie mir nicht, wie ich diese Rezeption hier zu leiten habe, Schätzchen. Doppelbuchungen kommen hier bei uns nicht in Frage! Und damit *basta*.«

»Vielleicht ist es an der Zeit, dass mit Ihrem Fortgehen hier ein paar Änderungen Einzug halten, die bereits in anderen Häusern dieser Größe gang und gäbe sind.«

»Das Liccardi Resort ist nicht wie andere Häuser!«, fauchte Benedetta wütend. »Für Sie mögen alle Resorts ähnlich sein, aber hier in dieser Position, in diesem Resort, da kommen die Gäste zuerst und das bedeutet: keine Doppelbuchungen!«

»Auch für mich kommen die Gäste zuerst, doch mit unserer Art der Buchung haben wir nahezu keine Leerstände zu verzeichnen und das ist auch für das Hotel das einzig Richtige, Benedetta. Akzeptieren Sie, dass sich hier nach Ihrem Fortgehen auch etwas ändern wird, ich bin schließlich auch schon seit mehr als zehn Jahren in diesem Geschäft tätig!« Angelina hatte sich trotz ihrer zierlichen Statur vor Benedetta aufgebaut und schaute ihr Gegenüber zornig an.

»Das werde ich nicht akzeptieren. Ich habe diese Rezeption 42 Jahre lang geleitet. Und das lasse ich mir jetzt nicht von so einer … so einer aufgetakelten Besserwisserin wie Ihnen zerstören, Ihnen fehlt das Gefühl für diese Arbeit.«

»Mir fehlt das Gefühl? Sie haben doch keinen Blick für die Kosten!«

»Das brauche ich mir von Ihnen nicht bieten lassen!«, schrie Benedetta Angelina an.

»Ich mir von Ihnen auch nicht!«, kam die Antwort ebenso laut zurück.

»Meine Damen!«, fuhr Carlo nun dazwischen, bevor die Situation nun wirklich eskalieren würde. Benedetta und Angelina sahen ihn überrascht an. Sie holten beide gleichzeitig Luft, um etwas zu sagen, doch entschlossen sie sich, ebenso gleichzeitig, zu schweigen.

»Matteo«, wandte sich Carlo an den jungen Mann neben ihm, »kannst du die Rezeption kurz übernehmen, dann könnte ich mit den beiden ein kurzes Gespräch führen.«

»*Si,* Signor Liccardi«, stimmte Matteo sofort bereitwillig zu.

Carlo führte Angelina und Benedetta nach oben in sein Büro.

»Bitte, könnten Sie mir die Situation schildern?«, bat er die zwei, musste aber, als beide gleichzeitig lautstark zu reden anfingen, unterbrechen. »Bitte, Benedetta, würdest du beginnen und Angelina, würden Sie das Ganze dann danach bitte aus Ihrer Perspektive schildern.«

Benedetta begann. Es ging wohl um einige Buchungen für Ende der Hauptsaison. Benedetta bestand darauf, dass kein einziges Zimmer im Hotel doppelt vergeben wurde. Gegen Ende ihrer Erzählung wurde Benedetta sehr laut und ihre Stimme überschlug sich. Angelina verdrehte die Augen und berichtete davon, dass bei ihrer vorherigen Arbeitsstelle, die Überbuchung von manchen Zimmern, um einen möglichen Leerstand zu vermeiden, immer wieder vorgenommen wurde. Bei dieser Schilderung war immer wieder ein aufgeregtes »Bei uns wird das nicht gemacht« von Benedetta zu hören. Irgendwann riss Angelina der Geduldsfaden.

»Würden Sie mich ebenfalls bis zu Ende reden lassen, Benedetta!«, schrie sie ihr Gegenüber an.

»Bei uns wird das nicht gemacht! Keine Doppelbuchungen!«, rief Benedetta hysterisch aus. Carlo selbst hatte während seiner Praktika in mehreren Betrieben gearbeitet, die Doppelbuchungen im täglichen Geschäft in Kauf nahmen und damit nicht schlecht fuhren. Der Hotelanteil des Liccardi Resort war im Vergleich zu den Bungalows und Stellplätzen so gering, dass es bisher noch nicht nötig gewesen war. Hin und wieder kam es aber tatsächlich vor, dass ein Zimmer leer stand. Beide Damen hatten in gewisser Weise recht. Benedetta wusste, da das Liccardi Resort zu einem der wenigen Fünf-Sterne-Resorts in diesem Gebiet gehörte, dass Zimmer bei einem spontanen Leerstand oft im letzten Moment noch an andere Gäste vergeben werden konnten. Angelinas Methode würde aber vermutlich sogar diese Ausfälle minimieren und man musste nicht, so wie bisher, aktiv nach Ersatz suchen. Eine Gefahr, dass zu viele Gäste auf zu wenige Zimmer kamen, gab es aber dennoch und das durfte im Liccardi Resort nicht passieren! Carlo wollte gerade den Mund aufmachen und seine Entscheidung mitteilen, da sprang Benedetta wie von der Tarantel gestochen von ihrem Stuhl hoch und baute sich wütend vor Angelina auf.

»Nein, so werde ich hier nicht gehen, ich lasse mir von

Ihnen nicht alles, was ich hier lange Jahre aufgebaut habe, zunichtemachen, nicht von so einem Modepüppchen wie Ihnen!«

»Wie haben Sie mich genannt? Hat Ihnen schon einmal jemand gesagt, dass wenn man an der Rezeption arbeitet, man das Aushängeschild der Firma ist, dementsprechend gut sollte man sich anziehen, aber das scheinen Sie ja mit Absicht zu übersehen, meine Liebe!«

»Ich bleibe! Ihre Dienste werden hier nicht gebraucht!«, fauchte Benedetta. Angelina war katzengleich aufgesprungen.

»Das haben Sie gar nicht zu bestimmen!« Sie machte eine abfällige Handbewegung.

»Oh, zeigen Sie nicht mit Ihren falschen Fingernägeln auf mich, sonst ...«

»Ja, was sonst ...«

»Jetzt ist aber wirklich Schluss!«, rief Carlo ärgerlich aus. »Mir reicht es. Sie sind beide erwachsen! Ich werde bezüglich der Doppelbuchungen noch eine Entscheidung treffen, wie wir dieses Thema in Zukunft behandeln, und bis dahin verlange ich von Ihnen, dass Sie zusammenarbeiten! Sie sind erwachsene Frauen und sollten Sie es vergessen haben: Wir haben Gäste! Ihren Disput werden Sie während der Arbeitszeit ad acta legen und Sie hören in den kommenden Tagen von mir, wie wir mit Doppelbuchungen in den kommenden Jahren vorgehen werden. Für dieses Jahr gilt, wir machen es so wie gehabt, keine Doppelbuchungen ...« Von Benedetta war ein erfreuliches »Ha! Da haben Sie es« zu hören, doch Carlo warf ihr einen finsteren Blick zu.

»Signora Ferrara wird weiterhin von dir eingearbeitet, zum Ende des kommenden Monats gehst du in Rente, Benedetta. Ich weiß, dass du es genauso wenig möchtest wie wir, aber ich bitte dich, Signora Ferrara hat hervorragende Qualifikationen und«, Carlo wandte sich nun direkt an Signora Ferrara, »wenn Sie sich entscheiden, diese hier bei uns zum Einsatz zu bringen, wären wir sehr froh.« Der nächste Satz war wieder für beide Damen bestimmt. »Ich bitte Sie also beide um Ihre Professionalität.«

Beide Damen nickten, wenn auch etwas unwillig. Als Carlo am Nachmittag nach Hause ging, war er noch immer in Gedanken. War es richtig gewesen, so zu reagieren? War Angelina wirklich die beste Wahl? Sollte er Susann doch fragen, ob sie sich vorstellen konnte, hier zu arbeiten? Vielleicht sollte er aber auch Angelina einfach noch die Möglichkeit geben, sich richtig einzuleben. Matteo sagte, er kam gut mit ihr aus. Wobei Matteo mit allen Leuten gut zurechtkam. Und sicher würden auch die anderen Rezeptionsangestellten mit Angelina auskommen. Angelina wäre mit all ihren Fähigkeiten, die sie mitbrachte, eine Bereicherung. Vielleicht sollte er seinen Vater fragen, ob er einen Rat für ihn hatte. Zu Hause vor dem Gartentor traf er auf Susann.

»Deine Nonna Michela hat gefragt, ob ich auf einen Espresso vorbeikommen möchte«, sagte Susann. Sie hatte einen teuren Rotwein dabei und in der Pasticceria von Ca´Sogno hatte sie wohl auch eine Kleinigkeit gekauft. Vermutlich ein Dankeschön für die Essenseinladung von gestern.

»Es freut mich, dich zu sehen. Aber du hättest doch nichts besorgen müssen«, sagte Carlo und hielt Susann die Gartentür auf. »Ist Emilie schon da?«

»Ja, sie und Maurizio haben sich heute nach dem Mittagessen zum Spielen getroffen. Emilie kann Maurizio sehr gut leiden.«

Sie näherten sich der Villa und es empfing sie ein ziemlicher Geräuschpegel. Edmondo telefonierte mit seinem Handy im Garten, anscheinend mit einem guten Freund, den er lange nicht mehr gesprochen hatte. Er lachte viel und laut. Maurizio stritt mit Filippo, und Emilie versuchte eben den Streit zu schlichten. Aus der Küche hörte man das Radio.

»Entschuldige bitte, hier geht's schon wieder ziemlich zu«, sagte Carlo zu Susann und hob entschuldigend die Hände.

»Das ist doch großartig, Carlo. Es gibt keinen Ort, an dem ich jetzt lieber wäre.« Sie sah zu Carlo und spontan lehnte er sich zu Susann und küsste sie. Und wie immer, wenn sie sich küssten, schien es Susann, als würde in ihr ein Feuerwerk entzündet werden. Dieses Gefühl würde sie vermissen, sobald sie wieder in Deutschland war. Doch so weit war es zum Glück noch nicht! Bis sie sich von Carlo verabschieden musste, vergingen noch ein paar Tage und diese wollte sie nicht damit verbringen, Trübsal zu blasen. Sie wollte diese letzten kostbaren Tage mit Emilie und Carlo verbringen und zurück in Deutschland würde sie sich dann voll Dankbarkeit an diese wundervollen Stunden erinnern können. Susann begrüßte Edmondo, er winkte ihr kurz entschuldigend zu. Anscheinend dauerte sein Gespräch noch. Susann lächelte und deutete ihm an, dass er ruhig noch weiter telefonieren konnte.

»Susann«, grüßte Michela sie herzlich. Sie und Susann umarmten sich kurz. Sie würde nicht nur Carlo vermissen, so viel stand für Susann bereits fest.

»Soll ich den Zucker, die Löffel und das Gebäck schon mit ins Esszimmer nehmen?«, fragte Susann, als sie sah, dass Michela bereits alles zurechtgestellt hatte.

»Das kann ich doch gleich machen, Liebes. Setz dich.«

»Wenn ich schon so lieb eingeladen werde, kann ich gerne den Tisch decken.« Susann ging in das große Esszimmer der Liccardis. Die hohen Türen aus Glas waren zur Terrasse hin ganz offen und ließen die Sonne herein. Susann versuchte sich diese Stimmung und alle Einzelheiten einzuprägen. Sie wollte sich später an diesen Moment erinnern können. Diesen Moment, in dem sie von ganzem Herzen glücklich war. Susann erinnerte sich an nicht sehr viel von ihrem ersten Kennenlernen mit Carlo vor so vielen Jahren. Sie erinnerte sich beispielsweise nicht mehr an den Augenblick, wie sie Carlo zum ersten Mal wahrgenommen hatte. Doch sie hatte seine Stimme wiedererkannt, nachdem sie gewusst hatte, dass er es war. Und Stück für Stück waren ihr dann Einzelheiten plötzlich wieder in den Sinn gekommen, die sie so lange verschüttet geglaubt hatte. Carlos Stimme hatte ihr schon damals gefallen und in ihr schon vor so vielen Jahren ein Prickeln ausgelöst. Und nun, da sie seine Stimme regelmäßig hörte, war sie sich sicher, dass sie sie nie wieder vergessen würde. Sie erinnerte sich an die Sicherheit, die Carlo ausstrahlte und die ihr auch damals in der Dunkelheit des Aufzuges Mut gegeben hatte. Obwohl er für sie damals ein Fremder gewesen war, hatte Susann sich bei ihm wohlgefühlt. Diese Geborgenheit würde sie vermissen, dessen war sich Susann bewusst, und sie hoffte, dass der Abschied von Carlo am Ende des Urlaubs ihr nicht das Herz brechen würde. Unter anderen Umständen hätte Susann Carlo vielleicht gefragt, ob er sich vorstellen konnte, dass sie in Kontakt blieben, doch welche Zukunft hatten sie? Das Resort war Carlos Heimat, mehr noch, es war seine Berufung! Ihn zu bitten, mit ihr zu kommen, käme für Susann nicht in Frage. Das Resort lief nur deswegen so gut, weil die Liccardis viel Liebe und

Herzblut hineinsteckten. Carlo allen voran. Ohne seine Besonnenheit, den Halt, den er all den Mitarbeitern und seiner Familie gab, war es nicht mehr dasselbe. Und warum setzte sie dann nicht alles auf eine Karte und blieb mit Emilie hier? Susann schaute durch die offenen Terrassentüren nach draußen und beobachtete Carlo, wie er mit den Kindern herumalberte. Der Streit von vorhin zwischen Maurizio und seinem kleinen Bruder schien vergessen. Voller Liebe blickte Susann zu Carlo. Er konnte großartig mit Kindern umgehen. Auch Emilie mochte ihn inzwischen sehr gerne. Immer wieder stellte sie in ihrer kindlichen Art ihrer Mutter Fragen, ob sie Carlo gerne mochte und warum sie nicht für immer hierblieben. Susann straffte ihre Schultern und setzte sich an den Tisch. Nein, sie wusste, was dabei rauskommen konnte, wenn man sich zu sehr auf einen Mann einließ. Wenn sie sich jetzt irrte, würde sie nicht nur sich, sondern auch Emilie unglücklich machen! Warum hatte sie aber dann ständig das Gefühl, dass sie falsch entschied, wenn sie sich und Carlo keine Chance gab.

Michela kam mit den zwei Espressi und sie unterhielten sich über die Kinder und das Resort.

»Glaube mir, das ist die Idee, Carlo. Ich weiß es«, sagte Edmondo und betrat mit Carlo durch die Terrassentür das Esszimmer.

»Es wird ihm gefallen, vertraue mir.« Edmondo schien sehr überzeugt. »Eli?!«, rief er. Susann sah zu Carlo und der wies kurz genervt auf seinen Vater.

»Eli, komm runter, ich habe eine großartige Idee!«, rief Edmondo. Kurze Zeit später kam Eli zögernd die Treppen nach unten.

»Ciao, Susann«, begrüßte er sie, bevor er sich seinem Vater zuwandte. »Was gibt's?«

»Eli, ich hätte eine Aufgabe für dich.« Edmondos Enthusiasmus schien ungebrochen.

»Ich glaube nicht, dass mir gerade danach ist, mich irgendwo zu engagieren, Edmondo.«

Edmondo zuckte innerlich zusammen. Es war ihm unheimlich, wie fremd ihm sein Sohn geworden war.

»Hör oder besser gesagt sieh es dir doch erst einmal an, was ich dir vorschlagen möchte. Vielleicht hast du ja doch Lust. Sie steht in der Garage.« Edmondo ging mit Eli zur Garage und Carlo folgte zögernd. Schadensbegrenzung, falls sein Vater und Eli aneinandergeraten würden. Edmondo schob das Tor auf. Sie brauchten alle drei einen Augenblick, damit sich ihre Augen vom hellen Sonnenlicht an das Dunkel der Garage gewöhnten. Elis und Carlos Blick flog sofort auf ein Motorrad, das nachlässig mit einer beigen Decke abgedeckt war. Edmondo zog die Decke zur Seite, rollte das Motorrad nach draußen ins Licht und sah abwartend zu seinem jüngeren Sohn.

»Na hallo, eine Norton Commando 750«, entgegnete Eli verblüfft und pfiff leise durch die Zähne.

»Sie steht hier schon länger und ist seit, ich weiß gar nicht mehr, aber es sind bestimmt mehrere Jahre, nicht mehr gelaufen. Ich habe sie letztes Jahr zum Mechaniker gebracht und der meinte, es würde länger dauern, sie wieder herzurichten.« Eli strich kurz mit den Fingern über den Lenker.

»Sie sieht großartig aus, hast du Benzin im Tank oder rostet der so langsam vor sich hin?«

»Ja, es ist Benzin drin. Kannst du sie wieder zum Laufen zu bringen?«, fragte Edmondo.

»Ich denke schon.«

»Nur wenn du sie auch reparieren möchtest.« Eli sah

kurz von seinem Vater zu Carlo und setzte sich dann auf das Motorrad. Carlo sah seinen Bruder überrascht an. Eli wirkte nach wie vor so, als wäre das Motorrad sein natürliches Fortbewegungsmittel.

»Hast du den Schlüssel da?«, fragte Eli an seinen Vater gewandt. Edmondo nickte und gab Eli den Schlüssel, den er aus der Hosentasche zog. Eli steckte den Zündschlüssel ins Schloss und drehte. Nichts passierte.

»Na, das haben wir doch gerne.«

»Wieso?«

»Kein einziges Lebenszeichen, aber gut, eine Herausforderung ist genau das, was ich jetzt brauche.« Eli grinste kurz. Carlo warf seinem Vater einen anerkennenden Blick zu. Edmondo lächelte erleichtert. Da hatte er wohl tatsächlich ins Schwarze getroffen.

»Na, musstest du dazwischen gehen?«, fragte Susann Carlo, als dieser wieder zurück ins Haus kam. Von Carlo wusste Susann, dass Edmondo für seinen jüngeren Sohn zurzeit auf der Suche nach einer Beschäftigung war und mit seinen Vorschlägen manchmal ganz schön danebenlag. In diesen Fällen versuchte Carlo zu schlichten.

»Nein, dieses Mal zum Glück nicht«, sagte Carlo. Er wirkte erleichtert. »Papà hatte nun endlich eine wirklich großartige Idee. Eli repariert das alte Motorrad, das in der Garage steht. Papà und er unterhalten sich gerade vollkommen normal miteinander. Wo ist ein Kalender, dass wir das eintragen können.«

»Das freut mich, wird auch mal Zeit, dass die zwei wieder ein bisschen besser miteinander auskommen, das Leben ist zu kurz und man sollte es nicht mit ständigen Streitereien verbringen«, sagte Michela, die bis jetzt schweigend zugehört hatte.

Carlo schien sehr entspannt und glücklich, ebenso

wie Michela. Susann wusste noch nicht alles, was in der Vergangenheit zwischen Eli und seinem Vater vorgefallen war. Irgendwann wollte sie Carlo einmal danach fragen.

Nach dem Essen zeigte ihr Carlo die Villa. Michela wohnte im vorderen Teil im Erdgeschoss. Der hintere Bereich der Villa war älter und wurde von Edmondo bewohnt. Im ersten Stock gab es eine große Wohnung, in der Carlo lebte und zu der auch das Gästezimmer gehörte, in das Eli eingezogen war. In einer kleineren Wohnung waren die Zimmer von Renato, Maurizio und Filippo. Wie Susann erfuhr, wohnten Renato und die Jungs, wenn seine beiden Söhne Ferien hatten, in dem Resort am Gardasee. Carlos Wohnung in der traumhaften Villa gefiel Susann ausgesprochen gut. Die Einrichtung war luxuriös, ohne protzig zu wirken. Von dem großen Balkon, den man vom Schlafzimmer und von der Küche erreichen konnte, hatte man einen schönen Blick auf den Garten und den Pool. Emilie sah kurz von unten zu ihr nach oben und winkte ihr zu. Susann betrachtete lächelnd ihre Tochter, die hier in Italien richtig aufblühte. Die Küche der Wohnung war stilvoll und zweckmäßig und Susann stellte sich Carlo kurz vor, wie er hier Cantuccini buk. Carlo führte Susann in sein Schlafzimmer. Susann betrachtete eine Fotografie an der Wand. Carlo, seine drei Geschwister Eli, Katie und Evelina, seine Cousine Nicoletta, seine Cousins Renato und Fabio und seine Nonna waren darauf zu sehen. Alle, sogar Nonna Michela, schnitten, mit Absicht, wie es schien, Grimassen.

Auf Susanns belustigten und fragenden Blick hin sagte Carlo: »Das Foto haben wir zu Nonnas 80. Geburtstag vor drei Jahren gemacht. Sie meinte, sie möchte einmal nicht so ein typisches Familienfoto, sondern ein Bild, an das man sich gerne erinnert und das einen glücklich macht, wenn man es ansieht.«

»Es ist wirklich großartig geworden. Ihr seht alle zu komisch aus. Wirklich, mir gefällts.« Susann betrachtete die einzelnen Personen lächelnd. Das war mal eine andere Idee für ein Familienfoto.

»Ich habe mir gedacht, das hänge ich lieber im Schlafzimmer auf und nicht im Büro. Es ist ja doch etwas privater.« Susann setzte sich aufs Bett und Carlo ließ sich neben ihr nieder. Ihre Knie berührten sich und Carlo legte seine Hand auf ihren Oberschenkel. Susann spürte, wie ihr Oberschenkel unter Carlos Berührung zu glühen schien. Sie blickte zu Carlo und konnte in seinem Blick lesen, dass er sie ebenso begehrte wie sie ihn. Sollten sie jetzt? Doch dann hörten sie schon Schritte. Sie standen beide gleichzeitig auf. Emilie kam ins Zimmer.

»Mama, kann ich heute noch länger hierbleiben? Renato hat Maurizio erlaubt, einen Filmabend zu machen. Sandro, Giulia und Maria, die sind alle aus Maurizios Klasse, kommen auch noch. Bitte sag ja, Mama.«

»Wie lange soll das Ganze denn dauern?«, fragte Susann. Renato war ebenfalls die Treppe hinaufgekommen und hatte Susanns Frage gehört.

»Die anderen Kinder werden alle so um neun Uhr wieder abgeholt«, erwiderte Renato.

»In Ordnung, Emilie, dann darfst du heute auch bis um neun Uhr hierbleiben, ich hole dich dann ab.« Carlo sah zu Susann. Wollte sie etwa wieder gehen? Es war bereits später Nachmittag.

»Möchtest du mich begleiten? Wir könnten in der Mall ein Eis essen«, fragte Susann an Carlo gewandt.

»Sehr gerne.« Und so verabschiedeten sie sich und gingen Eis essen.

Nachdem sie lange in dem Café an der Rezeption gesessen hatten, begleitete Carlo Susann bis zu ihrem Bungalow. Von dem Job in der Rezeption hatte er ihr noch immer nicht erzählt. Sollte er? Carlo war sich unsicher und beschloss, dass er bis morgen eine Entscheidung treffen musste.

Als sie schließlich bei Susanns Bungalow angekommen waren, wollte Carlo sich nur ungern von ihr trennen. Er liebte es, Zeit mit Susann zu verbringen. Susann ging es ebenso, denn sie nahm seine Hand und führte ihn in den Bungalow. Dann standen sie sich in dem kleinen Raum, der gleichzeitig Küche und Esszimmer war, gegenüber.

»An was denkst du?«, fragte Susann ihn, als er sie lange angesehen hatte.

»Ich weiß, nach dir habe ich mein Leben lang gesucht und mit dir möchte ich für immer zusammenbleiben«, sagte Carlo lächelnd ganz nah an ihrem Ohr. Er hatte seine Arme um Susann gelegt und sie konnte seinen warmen Atem spüren. Es lief ihr heiß und kalt den Rücken hinunter, als ihr klar wurde, dass ihr diese Nähe nicht mehr reichte. Sie wollte Carlo noch viel, viel intensiver fühlen. Wie lange war es nun her, seitdem sie solche Gefühle empfunden hatte?

Ihre Schulter stieß an seine muskulöse Brust. Er wirkte so unerschütterlich, so entschlossen und stark, dass ihr Bedürfnis, sich an diesen Mann anzulehnen, übergroß war. In seinen starken Armen fühlte sie sich so geborgen und beschützt. Die vergangenen Jahre, eigentlich kurz nach Emilies Geburt, hatte Susann immer das Gefühl gehabt, alleine zu sein. Luca hatte sich von ihr abgewandt. Es hatten, wenn sie zusammen gewesen waren, keine Liebe oder Zärtlichkeit in seinem Blick gelegen. Noch nicht einmal Freundschaft, vielmehr hatte er sie gar nicht mehr angesehen. Als hätte sie jahrelang nicht existiert. Und hier bei Carlo fand sie in den Blicken, die er ihr zuwarf, so viel mehr. Liebe, unbeschwerte Freude und ein Begehren, das sie schon jahrelang nicht mehr in den Augen eines Mannes gesehen hatte. Sie wusste nicht, wie es weitergehen sollte, wenn sie wieder abreisen musste.

»Amore«, sagte Carlo mit rauer Stimme. »Ich liebe dich, Susann.« Er begann sie zu küssen. »Weißt du, wie lange ich mir das gewünscht habe?«, flüsterte er zwischen mehreren Küssen, nah an ihrem Hals. Susann strich Carlo liebevoll durch die Haare. Sie schloss genüsslich die Augen und mit einem Mal wurde diese leise Stimme in ihr, die ihr sagte, was sie alles tun musste, sollte und durfte, leise und sie horchte nur noch auf ihr Herz. Ihr Herz, das ihr nur eins klar machte: Jetzt, hier, mit diesem Mann, das war perfekt und absolut richtig und es sollte ewig andauern. Sich küssend gingen sie langsam ins Schlafzimmer. Dort zogen sie sich gegenseitig aus. Susann betrachtete anerkennend Carlos sportlichen Körper. Seine schönen Hände schlossen sich um ihre Brüste und Susann schloss abermals genüsslich die Augen. Sie ließen sich zu zweit aufs Bett sinken.

Carlo nahm Susanns köstlichen, blumigen Duft noch intensiver war, als er ihr federleichte Küsse auf ihren Hals und von dort Richtung Schlüsselbein auf die Haut tupfte. Ihre samtige Haut unter seinen Fingern. Ihre wohlige Wärme, die ihn bald darauf komplett umschloss. Susann hatte die Arme um seinen Nacken geschlungen und lehnte sich lustvoll zurück. Gab es etwas Schöneres? Sie hatten den gleichen Rhythmus und als sie völlig vereint waren, wusste Carlo, dass er noch niemals in seinem Leben so viel für eine Frau empfunden hatte. Und Susann ging es ebenso wie ihm, da war er sich sicher, wenn er in ihre Augen blickte. Sie kamen gemeinsam und hielten sich noch für viele herrliche Momente fest umschlungen, in denen die Welt für sie beide eine extra Runde drehte. So konnte es ewig andauern.

Susann hatte ihren Kopf auf Carlos Schulter gebettet und er strich ihr liebevoll durch die Haare. Ihre rechte Hand lag auf Carlos muskulöser, starker Brust. Sie spürte die warme Haut unter ihren Fingern, den regelmäßigen, kraftvollen Herzschlag. Dieser Moment war so friedlich und ruhig. Sie fühlte sich so geborgen, hier an Carlos Seite. Susann seufzte zufrieden.

»Susann, *amore*?«, fragte Carlo unvermittelt. »Fühlst du dich hier wohl? Hier bei mir und meiner Familie?«

»Ich fühle mich hier sehr wohl, Carlo. Bei deiner Familie und vor allem bei dir.«

»Vielleicht ist es vermessen von mir, dich zu fragen. Aber wenn ich es nicht tue, mache ich mir mein Leben lang Vorwürfe. Susann, bitte bleib hier bei mir! Ich habe mich in dich verliebt! Außerdem habe ich mir schon immer Kinder gewünscht und Emilie ist ein wundervoller Mensch. In den vergangenen Wochen habe ich sie bereits wie eine Tochter lieb gewonnen.«

»Carlo, du machst mich unendlich glücklich. Ich ... ich liebe dich auch. Aber ich muss darüber erst einmal in Ruhe nachdenken. Es wäre für mich und Emilie eine große Umstellung und ich möchte nichts überstürzen.«

»Natürlich. Ich weiß, was für einen großen Schritt das für dich bedeuten muss. Du hast alle Zeit der Welt, *amore*.«

»Es tut mir leid, dass ich so reagiere, aber irgendwie funktioniere ich so, Carlo. Jetzt bin ich im Moment unendlich glücklich, aber gleichzeitig mache ich mir bereits Gedanken, was dann alles auf uns zukommen würde. Die neue Schule für Emilie, ich müsste mir hier einen Job suchen, der Umzug und was mir sehr schwerfallen würde, meine Schwester und meine Mutter in Deutschland könnte ich nicht mehr so oft sehen. Ich bin wohl einfach eher der Kopf-Mensch.«

»Du kümmerst dich um deine Familie und sorgst dich um sie, da gibt es nichts, wofür du dich entschuldigen musst. Das ist eine deiner Eigenschaften an dir, die ich unglaublich anziehend finde.« Carlo gab ihr einen zärtlichen Kuss.

»Und ich an dir«, sagte Susann und erwiderte den Kuss ebenso liebevoll.

»Weißt du, Carlo«, begann Susann noch einmal. Es war ihr wichtig, dass Carlo sie verstand. »Ich war von Luca so abhängig, dass es mir wahnsinnig schwergefallen ist, wieder in ein selbstständiges Leben zurückzufinden.« Susann lächelte ihn traurig an. »Das kannst du dir vielleicht nicht vorstellen, wenn du mich jetzt so siehst. Ich versuche mir, vor allem Emilie zuliebe, nichts anmerken zu lassen und mich durchzubeißen. Vieles habe ich schon wieder angepackt. Ich nehme eigene Dinge in Angriff, schon allein, weil ich glaube, dass ich ein Vorbild für meine Tochter sein muss.«

Carlo sah Susann überrascht an. Dann schob er ihr eine Haarsträhne hinter das rechte Ohr und sagte: »Ich wusste nicht, dass du dich so fühlst, Susann. Ich werde versuchen, dich zu unterstützen.«

»Wie gesagt, die schlimmste Zeit liegt ja auch schon hinter uns«, erwiderte Susann schnell, weil sie befürchtete, zu viel gesagt zu haben.

»Ich bin froh, dass du es mir gesagt hast«, entgegnete Carlo, als hätte er ihre Gedanken gelesen. »Wir haben uns eine lange Zeit nicht gesehen und mit jeder Einzelheit, die du mir aus deinem Leben erzählst, habe ich das Gefühl, dass die Zeit, die zwischen uns liegt, schrumpft.« Susann sah Carlo liebevoll an. Ein Lächeln umspielte ihre Lippen, als sie sagte: »Du meinst, wenn wir uns viel erzählen, schrumpft die Zeit auf wenige Tage?«

»Ja, das hoffe ich«, erwiderte Carlo und lehnte sich zu ihr. Dann küssten sie sich und entflohen in den Armen und unter den Berührungen des anderen wieder für viele weitere herrliche Momente der Wirklichkeit.

Gegen neun Uhr abends kamen sie zur Familienvilla der Liccardis zurück. Der Filmabend war wohl recht gelungen gewesen. Zumindest erzählte Emilie begeistert davon, als sie und Susann in Richtung Bungalow zurückgingen.

»Der Film war total lustig, Mama. Und Sandro, Giulia und Maria sind total nett. Die drei gehen in Maurizios Klasse. Giulia und Maria sind Zwillinge, sehen sich aber gar nicht so ähnlich. Hättest du gedacht, dass sie Zwillinge sind? Eli hat Popcorn gemacht und davor hat Nonna Michela uns kleine Pizzettinis gebacken. Die waren so gut und Maurizio hat gleich fünf auf einmal gegessen. Giulia und Sandro haben gefragt, ob ich morgen oder übermorgen mit Maurizio in die Schule komme. Ginge das?«

»Du willst in die Schule gehen? Aber du hast doch Ferien?«, fragte Susann irritiert.

»Ja, aber Maurizio und seine Freunde sind echt nett und sie gehen sehr gerne in die Schule, weil sie die beste Klassenlehrerin an ihrer Schule haben. Bitte, Mama.«

»Ich denke noch darüber nach, in Ordnung.« Susann war es nicht ganz recht, wie schnell sich ihre Tochter hier eingewöhnte. Umso schwieriger würde es für sie sein, wieder nach Hause zu fahren. Auf der anderen Seite, wieso nicht, sie sollte froh sein, dass Emilie hier so gute Freunde gefunden hatte.

Emilie schlief schnell ein. Sie lächelte selig und war mit den Gedanken sicher noch bei den Geschehnissen von diesem Tag. Susann legte sich ins Bett, in dem sie nur wenige Stunden vorher mit Carlo geschlafen hatte. So ohne ihn fühlte sich das Bett leer und kalt an. Selbst wenn sie sich fest in die Decke kuschelte, wurde ihr nicht wärmer. Wie schön wäre es, immer an Carlos Seite einzuschlafen und wieder neben ihm aufzuwachen. So abwegig war dieser Gedanke nun gar nicht mehr, Carlo wünschte sich dies ebenso wie sie. Mit diesem tröstlichen und hoffnungsvollen Gedanken schlief nun auch Susann ein.

Carlo saß in seinem Büro und brauchte alle Kraft, sich auf das Tagesgeschäft zu konzentrieren. Susann ging ihm nicht aus dem Kopf. Er zwang sich bis kurz vor Feierabend angestrengt, die anfallenden Tätigkeiten zu erledigen. Dann gegen halb fünf rief er seine Schwester Evelina an. Er musste mit jemandem über die neuesten Ereignisse sprechen. Ohne lange Vorrede kam Carlo gleich zum Wichtigsten, als Evelina sich gemeldet hatte.

»Ich habe Susann gebeten, bei mir zu bleiben«, sagte Carlo. Am Telefon war es still. Carlo sah Evelina förmlich staunend mit offenem Mund auf ihrem Bürostuhl sitzen.

»Evi, bist du noch dran?«, fragte Carlo nach, als er von seiner Schwester keine Reaktion hörte.

»Carlo, das ist ja großartig! Ich war gerade zu überrascht, etwas zu sagen.« Das hatte Carlo bis jetzt noch nie bei ihr geschafft! Evelina kannte ihn so gut, dass er sie nur selten überraschen konnte. »Was hat sie gesagt?«, fragte Evelina weiter.

»Sie hat sich gefreut und gesagt, dass sie darüber noch

nachdenken muss, aber sie liebt mich auch. Aber natürlich wäre es für sie und Emilie eine große Umstellung.«

»Ja, das ist klar. Ach, Bruderherz, ich freue mich so für dich. Sie liebt dich«, sagte Evelina. Sie klang richtig gerührt.

»Du weinst jetzt aber nicht, oder?«, fragte Carlo zur Sicherheit nach. Evi war eine hoffnungslose Romantikerin und sie war in Liebesdingen oft sehr nah am Wasser gebaut. Das hatte Carlo schon feststellen müssen, wenn er mit seiner Schwester im Kino war.

»Nein, ich bin einfach nur so glücklich, dass Susann deine Gefühle erwidert. Ich würde es euch so gönnen, dass ihr zusammenkommt. Wenn ich bei der Entscheidung helfen kann, Susann zu überzeugen, dass sie und Emilie bleiben, dann sag Bescheid«, erwiderte Evelina. Ihre Stimme klang schon etwas belegt und dies rührte nun auch Carlo. Er nahm sich vor, seiner Schwester ein kleines Geschenk zu kaufen.

»Danke, Evi, aber ich denke, Susann braucht einfach ein bisschen Zeit.« Kurz nachdem Carlo aufgelegt hatte, klopfte es an seiner Bürotür.

»*Pronto.*« Die Tür wurde zögernd geöffnet und Angelina Ferrara betrat zurückhaltend sein Büro.

»Signor Liccardi, haben Sie kurz einen Augenblick Zeit?«, fragte sie.

»Natürlich«, sagte Carlo freundlich. Angelina durchquerte den Raum und blieb etwas unschlüssig stehen.

»Bitte, setzen Sie sich doch, Signora Ferrara«, sagte Carlo und wies auf den Stuhl ihm gegenüber. Irgendetwas schien Angelina zu belasten. Sie machte einen unglücklichen Eindruck.

»Es fällt mir schwer, es Ihnen zu sagen, Signor Liccardi, ich bin eigentlich nicht der Typ Mensch, der etwas nur halb verfolgt. Wenn ich etwas mache, dann richtig und zu hundert Prozent.«

»Das war mir klar, als ich Ihre Bewerbung gelesen habe«, sagte Carlo und lächelte. Angelina sah ihn dabei aber noch angespannter an.

»Es ist so, Signor Liccardi, ich möchte meine Bewerbung sehr gerne zurückziehen.« Carlo sah Angelina überrascht an.

»In Ordnung. Das kommt recht überraschend. Darf ich fragen, warum? Sie wollten im *Leon D'Oro* aufhören, wenn ich mich recht erinnere.«

»Ja, das war der Plan.« Angelina seufzte. »Ich denke, es wäre das Beste, ich erzähle Ihnen die ganze Geschichte. Das *Leon D'Oro* wurde von meinem Jugendfreund Flavio vor zehn Jahren gegründet und ich war von Anfang an mit dabei. Ich habe erst Teilzeit neben meinem Studium gearbeitet, dann Vollzeit. Ich wollte schon immer gerne die Stelle der Rezeptionsleitung haben. Als nun bei uns meine Kollegin, die die Leitung innehatte, gegangen ist, hat Flavio die Position ausgeschrieben und wir hatten einen fürchterlichen Streit. Ich habe ihm gesagt, dass ich gehen würde, und ich habe mich von ihm getrennt, weil ich das Gefühl hatte, dass ich ihm nicht so viel bedeute wie er mir. Das war vor einem Monat und gestern hat mir Flavio die Position der Rezeptionsleitung angeboten. Er bat mich zurückzukommen, nicht nur für den Job, sondern auch ...«, Angelina lächelte unsicher, »als seine Frau. Flavio hat mir einen Antrag gemacht und ich habe ja gesagt.« Carlo sah auf Angelinas rechte Hand und sah einen schmalen, aber sehr edlen silbernen Ring an ihrem Finger blitzen.

»Das freut mich für Sie«, sagte Carlo ehrlich und stand auf. »Herzlichen Glückwunsch, Angelina. Manchmal braucht es einfach Zeit, bis jemand weiß, wie viel Sie ihm bedeuten. Das ist natürlich schade für uns, aber verständlich!«

»Vielen Dank, das ist wirklich schön, dass Sie das sagen«, sagte Angelina erleichtert und war ebenfalls aufgestanden. Sie gaben sich die Hände.

»Dann wünsche ich Ihnen alles Gute für Ihre Zukunft.«

»Vielen, vielen Dank, Signor Liccardi.«

Angelina verließ das Büro und Carlo sah auf den Stapel der Bewerbungen. Nun hatte ein anderer Bewerber die Chance. Doch wenn er ehrlich war, wollte er nur eine ganz bestimmte Person in der Rezeption arbeiten sehen. Insgeheim hatte ihn die Absage von Angelina nicht wirklich etwas ausgemacht. Carlo freute sich ehrlich für sie, wenn auch ihre Fähigkeiten im Liccardi Resort sicherlich nützlich gewesen wären, doch eigentlich sah er nur Susann hinter dem Counter der Rezeption. Es war mehr als nur eine Affäre, wurde Carlo klar, er wollte Susann in seinem Leben. Mit ihr jeden Tag in der Früh aufwachen, zusammen in die Arbeit gehen, mit ihr und Emilie den Feierabend verbringen und neben Susann einschlafen. Das wünschte er sich! Susann war die Richtige. Er musste es ihr sagen, und zwar genau mit diesen Worten, vielleicht würde sie das zum Bleiben bewegen! Carlo stand auf, eilte aus dem Büro und prallte dort mit Susann zusammen. Hatte sie dieselbe Idee gehabt? Wollte sie auch gerade zu ihm?

»Ciao, Carlo«, sagte Susann und ihre Stimme klang anders als sonst. Aufgeregt, nervös? Als wäre sie die Treppen nach oben gelaufen und etwas außer Atem.

»Susann, alles in Ordnung«, fragte Carlo besorgt.

»Ja, alles gut. Ich ...«, Susann stockte kurz. Carlo sah, dass sie einen blauen Schnellhefter dabei hatte. »Dein

Vater hat mir gestern Abend, kurz bevor wir zum Bungalow aufgebrochen sind, noch von der Stelle der Rezeptionsleitung erzählt. Er meinte, ihr hättet euch noch nicht entschieden und der Job wäre noch zu haben. Ich habe gründlich darüber nachgedacht und bin zu dem Entschluss gekommen, dass ich mich sehr gerne bewerben möchte.« Susann gab ihm die Bewerbungsmappe. Carlo sah sie überrascht an.

»Susann, du bist doch im Urlaub.« Das war es eigentlich nicht gewesen, was er hatte sagen wollen.

»Ja, aber so eine Möglichkeit gibt es nicht so oft.«

»Du hättest dich doch nicht bewerben müssen.«

»Ich möchte keine Sonderbehandlung, Carlo. Eine Bitte hätte ich allerdings. Wenn meine Bewerbung in den engeren Kreis kommt, würde ich gerne eine halben oder ganzen Tag zur Probe arbeiten.«

Carlo hatte noch eine kurze Besprechung und Susann war auf dem Rückweg zu ihrem Bungalow.

In ihrem Kopf rasten die Gedanken wie ein Schwarm Bienen, als sie an die letzten Stunden dachte. Eigentlich, wenn sie nur auf ihr Herz hörte, wollte sie es gerne wagen. Ihre Beziehung mit Carlo, diesen Job, einen kompletten Neuanfang für sich und Emilie hier in Italien. Doch wenn sie sich die möglichen Folgen ihres Handelns vorstellte, wurde ihr schwindelig und übel. Der ganze Umzug, die vielen Formalitäten und Behördengänge. War sie tatsächlich für diesen Schritt bereit? Nicht zu vergessen, sie würde ihre Mutter und ihre Schwester Ingrid nicht mehr so häufig sehen. Emilie musste dann hier in Italien in die Schule gehen. Und ihr wurde ganz schwindelig, wenn sie sich ausmalte, dass es vielleicht nicht die richtige Entscheidung war. Dass sie reumütig wieder nach Deutschland zurückkehren musste, wenn ihr Neuanfang hier misslang. Außerdem, wollte sie sich wirklich wieder von einem Mann abhängig machen? Würde sie es für den Fall, dass sie sich von Carlo trennte, ein weiteres Mal schaffen, neu anzufangen? Susann hatte Angst, dass sie schlussendlich dafür keine Kraft mehr aufbringen konnte. Sie ging angespannt die sattgrünen Oleanderhecken Richtung Meer entlang. Die Vögel zwitscherten fröhlich, doch Susann war zu tief in Gedanken versunken, um das ausgelassene Tschilpen zu bemerken. Natürlich, das hatte ihr die Erfahrung, die sie inzwischen hatte, gelehrt, es gab nur selten im Leben einen doppelten Boden. Hier und jetzt musste sie wohl oder übel ins kalte Wasser springen oder aber sich damit abfinden, dass sie aus Angst einen Weg nicht eingeschlagen hatte, der sie für immer hätte glücklich machen können. Auch ihre Schwester Ingrid, mit der Susann gestern telefoniert hatte, hatte ihr gesagt, dass sie diesen Schritt wagen sollte.

»Hör zu, Susann. Du bist, genau wie ich, kein Gefühlsmensch, wir denken immer zuerst alles durch, damit wir uns dann oftmals auch genau für das Falsche entscheiden, vielleicht ist es jetzt an der Zeit, dass du auf deine Gefühle, auf dein Herz hörst. Trau dich, Schwesterherz. Ich spüre, wie glücklich du bist, und auch der Job, das ist eine super Chance für dich!« Susann liebte ihre Schwester dafür, dass sie immer nur das Beste für sie wollte.

Edmondo war es gewesen, der Susann den Vorschlag unterbreitet hatte, sich auf die Stelle der Rezeptionsleitung zu bewerben.

»Carlo möchte dich nicht unter Druck setzen, das ist der einzige Grund, warum er dich nicht gefragt hat.« Edmondo war ohne lange Vorrede gleich auf den Punkt gekommen und hatte sie geduzt. »Aber ich kenne meinen

Sohn, ich weiß, wie sehr es ihn glücklich machen würde, dich auf dieser Position zu sehen. Er hat dich sehr gerne, er liebt dich.« Dies waren zwar Edmondos Worte gewesen, doch Susann glaubte ihm, ohne zu zögern. An den Gefühlen von Carlo gab es keinen Zweifel, dessen war sich Susann sicher! Er liebte sie aufrichtig und auch sie liebte Carlo von ganzem Herzen. Vielleicht war sie auch aus diesem Grund noch so unsicher, wie sie sich verhalten sollte. Es war alles so schnell gegangen. Konnte diese Liebe, die nur wenige Wochen alt war, eine Basis für eine so weitreichende Entscheidung sein?

Jetzt ist Schluss mit den Zweifeln, hatte sie sich schließlich ermahnt und die Bewerbung abgegeben.

Carlo freute sich über Susanns Bewerbung mehr, als er sagen konnte! Als gäbe sie ihrer gemeinsamen Beziehung einen Hoffnungsschimmer, dass es doch viel mehr war als ein Urlaubsflirt. Als gäbe sie Emilie, Carlo und sich selbst eine Möglichkeit auf eine Zukunft für sie drei als Familie! Nachdem Susann ihm von ihren Gefühlen und Ängsten erzählt hatte, nachdem sie miteinander geschlafen hatten, wusste Carlo, dass er sie auf keinen Fall drängen durfte. Wenn er versuchen würde, auf sie einzuwirken, würde er mehr kaputt machen, als dass er bei ihrer Entscheidung half. Geduld war nicht gerade seine Stärke, das wusste Carlo nur zu gut, doch in dieser Situation war es der einzige Weg, Susann davon zu überzeugen, dass es das Beste war, wenn sie und Emilie bei ihm blieben.

Carlo wusste von Susann, dass sie ihren Laptop nicht mit in den Urlaub genommen hatte. Nur Bücher hatte sie eingepackt zum Lesen am Strand. Die Bewerbung hatte sie daher vermutlich im Internet-Café in der Mall geschrieben. Ihre Bewerbung enthielt ein Anschreiben, einen Lebenslauf und das Zeugnis des Hotels, in dem Susann ihre Ausbildung gemacht hatte. Carlo las sich jeden Satz, jedes Wort, das sie geschrieben hatte, genau durch. Selbst wenn er Susann nicht kennen würde, wäre er spätestens jetzt neugierig, sie kennenzulernen, denn er spürte, dass sie ehrliches Interesse an der Stelle hatte. Mit Überraschung las Carlo, dass Susann von der langen Zeit, während sie für ihren Ex-Mann gearbeitet und ihm beim Aufbau seiner Firma geholfen hatte, kein Arbeitszeugnis besaß. Er erinnerte sich, dass Susann erzählt hatte, dass sie sich in der Ehe mit ihrem Ex-Mann leider sehr von ihm abhängig gemacht hatte. Und dem Kerl war wohl auch nichts daran gelegen, seiner Frau ein ordentliches Zeugnis auszustellen. Dabei hatte Susann es sicher verdient. Carlo merkte, dass er eine wachsende Abneigung gegen Susanns Ex-Mann entwickelte.

Als später Edmondo ins Büro kam, sah er Carlo vorsichtig an.

»Kam heute noch eine Bewerbung für die Rezeption rein?«, fragte er kurz. Carlo sah seinem Vater an, dass er nervös war, ob sein Entschluss, mit Susann zu reden, richtig gewesen war. Um Edmondo von seinen Zweifeln zu erlösen, erzählte Carlo seinem Vater die Neuigkeiten, warum Angelina Ferrara ihre Bewerbung zurückgezogen hatte, und zeigte ihm auch gleich Susanns Bewerbungsunterlagen.

»Susann möchte gerne die Möglichkeit bekommen, einen Tag zur Probe zu arbeiten«, verkündete Carlo.

»Das ist eine gute Idee. Wenn es so wird, wie ich es erhoffe, dann haben wir mit Susann die ideale Besetzung gefunden.«

»Ja, das denke ich auch.«

Carlo und Susann trafen sich am Abend bei der Kinderanimation. Emilie machte begeistert mit und Carlo sprach mit Susann über die Bewerbung.

»Mein Vater und ich sind ganz begeistert von deiner Bewerbung. Wir würden uns freuen, wenn du übermorgen Zeit zum Probearbeiten hättest, muss auch nicht den ganzen Tag sein, schließlich bist du ja im Urlaub.« Doch Susann bestand darauf, den ganzen Tag zu arbeiten, sie wollte einen möglichst genauen Eindruck von der Arbeit gewinnen. Wenn sie schon auf ihr Herz hören sollte, wie ihre Schwester gesagt hatte, dann zumindest, wenn sie alle Eindrücke gesammelt hatte. Als sie Emilie davon erzählte, freute sie sich sehr.

»Heißt das, wir bleiben hier?«, fragte sie aufgeregt.

»Nein, es bedeutet nur, dass ich mir die Arbeit anschaue, um zu sehen, ob es etwas für mich wäre und ich mich dafür eigne.« Das schien Emilie schon zu reichen, denn sie war den weiteren Abend ganz ausgelassen und hatte beschlossen, an dem Tag, an dem ihre Mutter arbeitete, Maurizio in die Schule zu begleiten.

Als Carlo an diesem Abend erst später zu Hause war, kam Eli zu ihm.

»Carlo, ich werde in den Bungalow am Rand des Resorts ziehen. Wo ich letztes Mal gewohnt habe, als ich hier war.« Eli klang sehr überzeugt.

»Bist du sicher? Es ist etwas abgelegen«, fragte Carlo.

»Ja, ich denke, ich brauche ein bisschen mehr Freiraum. Nichts gegen dich, Nonna, Renato und die Kinder. Ich denke nur, dass es für mich und Edmondo besser wäre, wenn wir nicht so eng aufeinandersitzen würden.«

»In Ordnung. Zum Essen kommst du aber noch vorbei, das ist Nonna und auch mir sehr wichtig.«

»Natürlich. Du kennst mich ja, in der Küche bin ich aufgeschmissen. Da hat sich auch inzwischen nichts daran geändert.«

»Und wenn es dir nicht gut geht, rufst du an, dann komme ich vorbei.«

»*Si*, Carlo«, sagte Eli und verdrehte die Augen. »Du bist ja schlimmer als Mum.«

»Irgendjemand muss ja auf dich aufpassen, *fratellino*.« Carlo schwieg kurz, wollte nun aber doch selbst noch einmal nachfragen. »Wie war es eigentlich bei dem Psychotherapeuten? Evi meinte, du gehst nicht mehr zu ihm.«

Eli zuckte daraufhin nur mit den Schultern. »Ich glaube einfach nicht, dass es mir helfen würde. Deswegen probiere ich es lieber alleine.«

»In Ordnung, das musst du wissen.« Auch wenn Carlo nicht der Meinung war. Aber sein Bruder war erwachsen.

»Dann wäre das Gästezimmer nun frei und du könntest es umbauen, in ein Kinderzimmer zum Beispiel, für Emilie«, wechselte Eli das Thema. Carlo sah Eli überrascht an.

»Hat Evelina schon wieder geplaudert?«, fragte er. Eli schüttelte erst den Kopf, dann nickte er.

»Ja, aber das hast du nicht von mir.« In dieser Familie blieb nichts lange geheim.

»Susann!«, begrüßte Matteo sie erfreut, als er sie am kommenden Tag zufällig mittags in der Mall traf. »Ich habe schon gehört, Sie kommen morgen zum Probearbeiten. Es würde mich freuen, wenn wir Sie überzeugen können und Sie länger bei uns blieben.« Susann lächelte glücklich und erwiderte, dass sie sich ebenfalls schon auf morgen freute.

Der nächste Tag kam schnell heran und Susann und

Emilie standen früh auf. Emilie begleitete Maurizio in die Schule und Susann würde den ganzen Tag über an der Rezeption arbeiten.

»Emilie, Schatz, bist du aufgeregt?«, fragte sie, als sie sich von Emilie verabschiedete.

»Nein, eigentlich nicht, ich kenne ja schon Maurizio, Giulia, Maria und Sandro. Das wird bestimmt schön.«

Susann fühlte sich nicht ganz so zuversichtlich wie Emilie, wenn sie auf ihren Tag blickte. Doch sie zwang sich, es ebenso wie ihre Tochter zu sehen. Ich kenne schon Matteo und Carlo und seine ganze Familie, das wird schon, versuchte sie sich zu beruhigen, doch ihre Aufregung verflog nicht wirklich. Gleich zu Beginn lernte Susann die anderen Kollegen und auch Benedetta kennen. Sie war eine kleine, eher rundliche Frau, die einen sehr ausgefallenen Kleidungsstil hatte, doch Susann fühlte sich an ihre Chefin in ihrer Ausbildungszeit erinnert. Benedetta war wie ihre frühere Chefin ähnlich direkt und so kam Susann ganz gut mit ihr aus. Benedetta wirkte zunächst skeptisch, doch davon ließ sich Susann nicht irritieren. Matteo war hilfsbereit wie immer und zeigte Susann das Programm und die ersten einfachsten Dinge, die sie dort eingeben konnte. Der Vormittag verging so schnell, dass Susann kein einziges Mal auf die Uhr gesehen hatte. Am Nachmittag checkten mehrere Gäste ein und es wurde etwas stressiger. Susann merkte, dass sie die Arbeit vermisst hatte. Mit Leuten zu reden, Missverständnisse aufzuklären, bei Problemen zu helfen. Sie liebte es. Und so verging auch der Nachmittag wie im Flug.

»Nach diesem Arbeitstag, hättest du Lust, Minigolf zu spielen?«, fragte Carlo Susann, als er sie nach der Arbeit sah. »Emilie könnte gerne mitkommen.« Begeistert stimmte Susann zu und so trafen sie sich nur ein paar Minuten später an der Minigolfanlage. Emilie, die den Tag über in der Schule war, spielte sehr gerne und sie freute sich, Carlo wiederzusehen. Ihre Mutter lächelte an Carlos Seite sehr oft und Emilie wollte, dass es für immer so blieb. Als sie an der fünften Bahn waren, begann Carlo, und Emilie war nach ihm an der Reihe. Sie brauchte mehrere Anläufe, um über die Hügelgruppe zu kommen, doch mit dem darauf folgenden Schlag schaffte sie es, den Minigolfball ins kleine runde Ziel zu spielen. Emilie griff in das Loch im Boden, um den Ball zu holen. Überrascht, als sie sah, was unter dem Ball lag, griff sie noch einmal hinein und hielt das Armkettchen hoch, das Carlo in Venedig gekauft hatte.

»Dieses Armkettchen lag unter dem Ball!«, rief Emilie begeistert und lief zu Carlo und ihrer Mutter, die Carlo verblüfft von der Seite ansah.

»Gefällt dir das Kettchen?«, fragte Carlo.

»Ja, sehr.«

»Dann gehört es dir, *stellina*.« Sternchen. Susann sah Carlo liebevoll an. Er war großartig! Susann hätte ihn am liebsten geküsst. Stattdessen strich sie Carlo kurz über den Rücken, in der Hoffnung, dass er diese Geste verstand. Er sah Susann lächelnd an.

»Danke, Carlo. Die ist wunderschön.« Emilie konnte die Augen gar nicht von der bunten Kette wenden. So etwas Schönes hatte es noch in keinem der Geschäfte gegeben, in denen sie mit ihrer Mutter seit ihrer Ankunft gewesen war.

Nach dem Minigolf gingen sie in das Café an der Rezeption. Susann bestellte sich einen Campari, sah auf ihren vielleicht zukünftigen Arbeitsplatz. Nun waren nicht mehr alle PCs belegt. Selbst in der Nacht war die Rezeption aber besetzt, allerdings nicht mehr mit so vielen Leuten. Am Counter konnte Susann eben Sergio erspähen, den sie auch schon kennengelernt hatte. Seine Freundin war Kellnerin im Restaurant und so kam es ihm sehr gelegen, häufig die Nachtschicht zu übernehmen. So hatten er und seine Freundin am Tag einige gemeinsame freie Stunden.

Kurz darauf hielt eine schwarze Ducati neben dem Tisch, an dem Carlo mit Susann und Emilie saß. Der Fahrer nahm den Helm ab und Susann erkannte Eli. Carlo schien überrascht und auch etwas besorgt.

»Fährst du eine Runde?«, fragte Carlo. Es war eine überflüssige Frage, aber Carlo schien irgendetwas sagen zu wollen. Eli nickte und sah auf den Helm, den er in den Händen hielt. Er machte einen angespannten Eindruck. Sonst wirkte er absolut profimäßig in seiner schwarz-weißen Lederkombi.

»Ja, ich denke, vielleicht ist es an der Zeit, dass ich mal wieder fahre. Ist jetzt ja doch schon eine Weile her.« Eli lächelte trotzig. Er schien Angst zu haben.

»Okay«, sagte Carlo und es klang überzeugter, als er sich fühlte. Er stand auf und klopfte Eli aufmunternd auf die Schulter. »*Stai attento a te*. Pass auf dich auf. Fahr vorsichtig und viel Spaß.« Eli nickte und setzte sich den Helm auf. Dann ließ er das Motorrad an. Carlo trat einen Schritt zur Seite. Eli nickte ihm kurz zu und fuhr dann los. Sein großer Bruder sah ihm nach, bis er das Tor passiert hatte und auf die Straße Richtung Ca´Sogno fuhr.

»Du machst dir Sorgen«, bemerkte Susann, als sich Carlo wieder setzte.

»Ja, sehr, aber ich muss mich zurücknehmen. Das fällt mir schwer, weil ich ihn seit dem Unfall eigentlich immer vor allem beschützen will. Das ist aber genau das

Falsche. Aber so bin ich halt, ich kann auch nicht aus meiner Haut.«

»Das ist das, was ich an dir am meisten liebe«, sagte Susann.

»Was?«, fragte Carlo überrascht.

»Dass du dich um andere so kümmerst und sorgst, um das Resort, alle Gäste hier, die Angestellten, deine Familie. Das ist eine wunderbare Eigenschaft an dir, die ich sehr schätze und die ich wahnsinnig attraktiv finde. Ich liebe dich, Carlo.« Carlo hatte das Gefühl, gleich abzuheben und zu fliegen.

»Komm, wir kaufen uns noch ein Eis und setzen uns auf die Bank dort drüben.« Carlo sah Susann überrascht an.

»Ich dachte, du wolltest an den Strand?«

»Möchte ich auch, aber damit du den Ausflug ebenso genießen kannst, ist es für dich wichtig, dass du weißt, dass dein Bruder sicher heimgekommen ist. Also würde ich sagen, essen wir hier unser Eis und warten, bis Eli wieder da ist.«

Carlo sah Susann dankbar an. Hatte er je eine verständnisvollere und liebevollere Frau als sie getroffen? Nein, noch nie, dessen war er sich sicher.

»So jemanden wie dich habe ich nicht verdient«, sagte Carlo plötzlich.

»Vorhin habe ich mir etwas Ähnliches gedacht, als du Emilie das Armkettchen geschenkt hast. Also würde ich sagen, wir einigen uns darauf, dass es schön ist, dass wir uns haben.« Zumindest für diese paar Tage, dachte sich Susann bitter. Sie hatte immer noch keine Lösung, was nach diesem Urlaub geschehen sollte. Sie hatte sich auf die Stelle der Rezeptionsleitung beworben, weil sie dort wirklich gerne arbeiten würde, doch ihre Hauptsorge nagte noch an ihr und sie konnte diese Sorge vorerst auch nicht abschütteln. Nachdem sich Susann von Luca getrennt hatte, war ihr bewusst geworden, wie abhängig sie sich von ihm gemacht hatte. Schon allein die kleine Tatsache, dass er immer derjenige gewesen war, der, wenn sie mit dem Auto unterwegs waren, am Steuer gesessen hatte. Susann hatte sich auf lächerliche Weise bloßgestellt gefühlt, als sie merkte, dass sie in den ersten Wochen nach der Trennung Schwierigkeiten und ein bisschen Angst hatte, mit dem Auto zu fahren. Und in vielen Dingen war es ihr ebenso ergangen. Luca hatte sich darum gekümmert. Sicher, es war auch praktisch und bequem für sie gewesen. Der Fehler hatte eindeutig bei ihr gelegen, dass sie es überhaupt erst so weit kommen ließ. Schließlich lebte sie im 21. Jahrhundert und Frauen durften ihre eigenen Entscheidungen treffen. Nachher war es umso schwieriger geworden, in ein normales Leben ohne Luca zurückzukehren. Diese hart erkämpfte Eigenständigkeit wollte Susann jetzt nicht wieder verlieren. Es hatte sie so viel gekostet! Natürlich spürte sie, dass Carlo ganz anders war als Luca, doch sich ihm anzuvertrauen oder besser gesagt ihm ganz und gar zu vertrauen, das konnte Susann noch nicht, auch wenn sie sich mit aller Kraft bemühte.

Sie setzten sich auf die Bank und schwiegen zunächst.

»Wie hat dir die Arbeit heute gefallen?«, fragte Carlo vorsichtig. Er hatte mit sich gehadert, ob er Susann fragen sollte, und schließlich gewann seine Neugier, die eigentlich nicht sehr stark ausgeprägt war, in diesem Fall aber die Oberhand.

»Es war wirklich schön. Ich hätte nicht gedacht, dass es mir so sehr gefehlt hat, in einem Job wie diesem zu arbeiten.« Carlo freute sich sehr über Susanns Antwort. Vielleicht gab es tatsächlich noch eine Chance für sie beide. Er saß mit Susann auf der Bank und gemeinsam sahen sie Emilie zu, wie sie Teile ihrer Waffel abbrach und die Spatzen fütterte, die neugierig angeflogen kamen und nun unter der Bank hervorhüpften.

»Hey, ihr seid ja gierig, ich möchte auch noch einen Teil meiner Waffel!«, rief Emilie fröhlich, als zwei kecke Spatzen recht nah neben ihrem Fuß gelandet waren. Carlo sah lächelnd zu dem Mädchen. Er hatte sich schon immer Kinder gewünscht und eine Tochter wie Emilie zu haben, hätte ihn mit unendlicher Freude erfüllt. Für Carlo war es völlig unverständlich, wie ein Vater die Beziehung zu seinem eigenen Kind einfach so ignorieren konnte und wollte. Ihm wäre das nie gelungen.

Eli hatte eine kleine Tour mit dem Motorrad gemacht und hielt nun auf Höhe der Liccardi-Villa das Motorrad an, als er Renato und Filippo sah, die eben vom Einkaufen zurückkamen. Er stellte den Motor ab und nahm den Helm vom Kopf.

»Eli?!«, rief Renato erstaunt aus. »Ich wusste gar nicht, dass du wieder fährst?«

»Es war auch das erste Mal seit, na du weißt schon, seit Silverstone. Aber es hat ganz gut geklappt. Obwohl ich davor nervös war wie bei einer Fahrprüfung.«

»Das glaube ich dir. Aber großartig, dass du dich getraut hast. Du kannst sehr stolz auf dich sein.« Renato klopfte Eli aufmunternd auf die Schulter. Eli nickte, setzte sich den Helm auf den Kopf und ließ den Motor an. Filippo versteckte sich erschrocken hinter Renato.

»Och Gott«, sagte Renato. »Bist du erschrocken?« Renato war manchmal etwas irritiert, was Filippo alles Angst machte. Filippo sah das Motorrad skeptisch an. Eli nahm den Helm wieder ab.

»Na komm her, *passerotto*, hab keine Angst.« Filippo kam langsam näher. Eli stellte das Motorrad auf den Hauptständer, hob Filippo hoch und setzte ihn auf das Motorrad.

»Und? Immer noch schlimm?«, fragte er. Filippo schüttelte den Kopf und wirkte schon nicht mehr ganz so ängstlich.

»Schau, dort am Lenker rechts kannst du Gas geben.« Filippo wollte schon zum Lenker greifen, zog die Hand dann doch wieder zurück.

»Nur zu. Da kann nichts passieren, es ist kein Gang drin«, erklärte Eli. Er stand neben Filippo und hatte eine Hand an dessen Rücken, dass er nicht hinunterfiel. Filippo sah Eli kurz nachdenklich an, dann lehnte er sich zum Lenker vor und drehte das Gas am Griff. Das Motorrad wurde sofort lauter. Renato hatte erwartet, dass es Filippo ängstigen würde. Doch der Junge hielt kurz inne und gab noch einmal Gas.

»Moment«, sagte Eli und gab seinen Helm an Filippo. »Ein richtiger Rennfahrer braucht schließlich immer einen Helm.« Filippo setzte den Helm, der ihm viel zu groß war, stolz auf. Dann lehnte er sich auf dem Motorrad vor und tat so, als würde er fahren. Er gab immer wieder etwas Gas. Renato sah überrascht auf seinen Sohn.

»Da haben wir ja ein Naturtalent«, sagte Eli und klopfte Filippo sachte auf die Schulter. »Aber dein Vater wird bestimmt nicht begeistert sein, wenn du Rennfahrer wirst.«

»Solange mein Sohn glücklich ist, bin ich es auch. Obwohl mir ein sicherer Beruf natürlich lieber wäre«, sagte Renato an Eli gewandt. »Danke.«

»Keine Ursache.«

»Na komm, mein kleiner Rennfahrer, lässt du Onkel Eli jetzt wieder fahren?« Renato hob Filippo vom Motorrad.

Filippo nahm den Helm ab. Er sah stolz auf das Motorrad und Renato war verblüfft. Filippo gab Eli den Helm.

»Wenn du älter bist, nehme ich dich mal mit. Abgemacht?«

»Abgemacht!«, sagte Filippo stolz.

Carlo war froh, als er seinen Bruder sah. Eli hielt noch schnell neben ihnen an. Er wirkte glücklich und entspannt. Es dämmerte bereits und Carlo machte sich mit Susann und Emilie auf den Weg Richtung Strand. Am Strand ging eben die Sonne unter. Es war ein magischer Moment, die Sonne färbte das Meer rot, orange und gelb, sodass es wie flüssiges Gold aussah. Carlo und Susann nahmen Emilie in die Mitte und so gingen sie Hände haltend wie eine Familie den Strand entlang. Egal was die Zukunft bringen würde, Carlo schloss diesen Moment fest in seinem Herzen ein. So muss es sich anfühlen, verheiratet zu sein und Kinder zu haben, dachte sich Carlo. Es war ein herrliches Gefühl und Carlo hoffte mehr als alles andere, dass Susann bei ihm blieb.

Susann konnte sich nicht mehr erinnern, wann sie so unbeschwert gewesen war. Sie war völlig berauscht von diesem Glücksgefühl und dies kam nicht von dem Campari, den sie getrunken hatte. Dieses Gefühl löste Carlo in ihr aus. Natürlich war auch diese Umgebung wie aus einem Traum entsprungen. Das rot-goldene Meer, die letzten warmen Sonnenstrahlen und der feine Sand unter ihren Füßen. Sie sah hinüber auf ihre glücklich strahlende Tochter. Es war wie in einem Traum. Ein Traum, aus dem ich nie wieder erwachen will, kam es Susann in den Sinn. Doch nichts und niemand konnte ihr garantieren, dass dies hier für immer oder zumindest etwas Beständiges war.

10. Kapitel

Der Tag der Abreise rückte mit jedem Moment, den sie gemeinsam verbrachten, näher. Susann war sich bis zuletzt unsicher und sie spürte, dass Carlo ihre Unentschlossenheit bemerkte. Es war unfair ihm gegenüber, wie sie sich verhielt, und so traf sie sich mit ihm einen Tag vor der Abreise in dem Café an der Rezeption, um sich für ihr Verhalten zu entschuldigen.

»Carlo, ich muss dir etwas sagen«, begann Susann.

»Ich dir auch«, sagte Carlo und strahlte sie begeistert an. Besser, sie brachte es jetzt über sich, als es noch weiter hinauszuzögern.

»Carlo, ich bin mir noch nicht ganz sicher, wie ich mich entscheiden soll. Das Herz sagt ja, aber der Verstand und die Vernunft zögern noch. Ich würde gerne fürs Erste nach Deutschland zurückfahren. Ich kann nicht gleich so von heute auf morgen hier bei dir bleiben, das wäre unverantwortlich, auch Emilie gegenüber«, sagte Susann angespannt. Das Lächeln in Carlos Gesicht erstarrte. Er wirkte betroffen und traurig, hatte aber wohl schon mit dieser Entscheidung gerechnet.

»Möchtest du es dir nicht doch noch überlegen? Bist du dir nicht sicher, was ich für dich empfinde? Ich liebe dich, Susann. Von ganzem Herzen.«

»Das weiß ich, Carlo. Ich liebe dich auch, mehr, als ich sagen kann, aber ...«

»Aber was? Reicht es nicht, wenn man sich ein Leben an der Seite des anderen wünscht, was braucht es denn noch?«

»Den Mut, daran zu glauben, dass es etwas Beständiges ist.« Carlo dachte über ihre Worte nach.

»Ich weiß, dass dies hier nicht nur eine Romanze ist, du und Emilie, ihr bedeutet mir sehr viel, Susann.«

»Dann möchte ich, dass du es mir nicht noch schwerer machst.« Carlo sah aus, als wollte er ihr noch etwas sagen, doch er hielt sich zurück. Hatte er ihr vorhin nicht freudestrahlend etwas erzählen wollen? Diese Freude war nun erloschen und Susann war sich bewusst, dass sie daran Schuld war. Wenig später stand sie auf.

»Sehen wir uns noch einmal, bevor Emilie und ich fahren?«

»Ja, ich schaue bei euch vorbei.«

»Dann bis später«, erwiderte Susann und ging. Hatte sie die richtige Entscheidung getroffen? Sie wusste es nicht. Sie wusste, dass sie dieses Resort und Carlo nur schwer würde vergessen können. Eigentlich wollte sie es gar nicht hinter sich lassen. Susann fuhr sich durch die blonden Haare. Was war nur los mit ihr?

Emilie war noch beim Basteln für Kinder und so nutzte Susann die Gelegenheit und rief ihre Mutter Margarete an.

»Mama, es ist schön, dich zu hören. Ich habe mich die letzten Wochen viel zu selten bei dir gemeldet. Ich ... die Zeit ist einfach so schnell vergangen und die letzten Wochen waren wie ein Traum.« Susann hatte mit ihrer Mutter das letzte Mal vor knapp einer Woche telefoniert. Und sie hatte das Handy auch gleich immer an eine aufgeregte Emilie weitergeben müssen, die ihrer Oma von dem Urlaub erzählen wollte.

»Susann, wie könnte ich es dir übel nehmen, es macht mich so unbeschreiblich glücklich, dass es dir und Emilie so gut geht.«

»Ja, und jetzt fühle ich mich verwirrter als zu der Zeit, bevor wir in den Urlaub aufgebrochen sind.«

»Warum denn? Ich dachte, du hast einen wunderbaren Mann kennengelernt, zumindest hat es Ingrid mir so erzählt.« Ihre Mutter klang überrascht.

»Ja, aber ich kann mir gar nicht vorstellen, wie es ist, hier wieder fortzugehen, und Emilie fühlt sich hier auch so wohl, dass ich mir nicht mehr sicher bin, was das Beste für sie wäre. Ich habe Carlo eben gesagt, dass wir morgen erst einmal abreisen werden.«

»Ingrid hat mir davon erzählt, dass du darüber nachdenkst, bei ihm zu bleiben. Und Susann, ich freue mich, wenn ihr morgen Abend wieder nach Hause kommt, aber Liebes, du machst einen Fehler. Ingrid und ich haben lange über dich und Carlo gesprochen. Du wirkst so glücklich wie seit vielen Jahren nicht mehr. Wieso gibst du euch keine Chance?«

»Weil ich auch bei Luca dachte, dass es ein *für immer* ist.«

»Susann, glaube mir, du hast bei Luca noch nie so glücklich geklungen wie bei unseren kurzen Telefonaten in den letzten Wochen. Hör zu, Susann. Ich möchte dich und Emilie am liebsten jeden Tag um mich haben. Aber ich möchte auch, dass ihr zwei glücklich seid, das ist mir noch wichtiger. Ich habe mit Emilie lange telefoniert und herausgehört, wie glücklich sie in Italien ist. Versuche es doch, gib dir und Carlo eine Chance.«

»Ich habe mich schon entschieden ...«

»Aber du bist unglücklich. Denke noch einmal darüber nach.«

»Ich ... muss Emilie jetzt abholen. Wir hören voneinander. Ich hab dich lieb.«

»Ich dich auch. Mach's gut. Aber überlege es dir nochmal.«

Susann legte auf und ging los, um Emilie abzuholen. Das schwierigste Gespräch stand ihr noch bevor.

»Emilie, du musst heute noch deinen Koffer packen. Ich helfe dir, in Ordnung?«, versuchte Susann es wie nebenbei. Emilie sah sie völlig überrascht an.

»Aber ich möchte nicht gehen. Ich möchte hierbleiben. Und Carlo möchte auch, dass du bleibst.«

»Emilie, bitte versteh doch …«, begann Susann, wurde aber sogleich von ihrer Tochter unterbrochen.

»Nein, Mama, du musst verstehen. Ich will hierbleiben. In der Schule war es richtig schön und nur weil du nicht hierbleiben willst, werde ich nicht wieder zurück nach Deutschland fahren!«, schrie Emilie. Sie war zwar schon immer recht bestimmt in ihren Meinungen gewesen, aber so stur hatte Susann ihre Tochter noch selten erlebt.

»Emilie, so einfach ist es nicht«, versuchte Susann zu erklären.

»Doch, es ist so einfach! Du hast den Job an der Rezeption doch bekommen! Das weiß ich von Maurizio, er hat die Erwachsenen belau…, er weiß es von seinem Vater und Carlo. Und von Oma weiß ich, dass du dir in Deutschland sowieso eine Arbeit suchen musst. Wieso bleiben wir dann nicht gleich hier?«

»Weil es einfach nicht geht, darum. Du packst jetzt deine Sachen zusammen und morgen reisen wir ab!« Susanns Stimme war gegen Ende des Satzes lauter geworden und sie bereute es sofort. Emilie sah sie zornig und enttäuscht an. Sie stand auf, ging in ihr Zimmer und knallte die Tür zu. Susann war überrascht, wie hartnäckig ihre sechsjährige Tochter an dem Wunsch, hierzubleiben, festhielt.

Es klopfte an der Tür. Susann öffnete und sah Carlo davorstehen.

»Carlo«, sagte Susann.

»Susann, verzeih mir, ich wollte dich vorhin nicht so bedrängen, bei mir zu bleiben. Du weißt, was das Beste für dich und Emilie ist.«

»Nein, da bin ich mir nicht sicher, ich kann nur gerade nicht anders handeln, weil mir alles andere zu viel Angst macht«, entgegnete Susann ehrlich. »Und es tut mir sehr leid, dass ich dir damit so weh tu, Carlo.«

»Schon gut, Susann. Ich ...«, begann Carlo und er unterbrach sich kurz. »Auch wenn es jetzt gleich mehr als kitschig klingen wird, Susann, muss ich es dir sagen. Dir gehört mein Herz, du bist die Einzige für mich und egal ob oder wann du zurückkommst, ich bin da, ich werde immer da sein.«

»Carlo, das will ich nicht, ich möchte nicht dafür verantwortlich sein, dass du nicht glücklich wirst«, erwiderte Susann verzweifelt.

»Ich bin glücklich, Susann. Dich kennengelernt zu haben, mit dir diese Tage zusammen verbracht zu haben, das ist das, was zählt. Besser einmal kurz wirklich geliebt zu haben als niemals.« Dann lehnte sich Carlo zu ihr und gab ihr einen langen Abschiedskuss. Susann liefen die Tränen über die Wangen und als sich Carlo langsam von ihr löste, sah sie, dass auch er sich beherrschen musste.

»Sagst du Emilie Lebewohl von mir?«, fragte Carlo. Susann nickte nur. Sie hatte sich die Hand auf den Mund gepresst, um nicht losschluchzen zu müssen, als Carlo sich umdrehte und ging.

Carlo hatte das Gefühl, dass er die Welt um sich herum nur halb und gedämpft wahrnahm. Da fand er nun die Frau seines Lebens und ab morgen würde er nur noch die Erinnerungen an die gemeinsam verbrachte Zeit haben. Die schönste Zeit seines Lebens! Natürlich würde er sich bei Susann melden. Aber eine Fernbeziehung kam nicht in Frage. Susann hatte eine Tochter, er das Resort.

Emilie redete kein Wort mehr mit Susann. Sie weinte und hatte sich in ihr Zimmer verkrochen. Susann war nun völlig überfordert. Traf sie die richtige Entscheidung? Sie musste erst nach Hause, um Klarheit zu bekommen.

Es war noch früh am nächsten Morgen. Emilie war aufgewacht und zunächst hatte sie gar nicht mehr daran gedacht, dass heute der Tag der Abreise war, doch dann fiel es ihr wieder ein. Sie wollte nicht nach Hause zurück. Sie wollte hier in Italien bleiben! Sie fühlte sich wohl, hatte Freunde gefunden. Und zu Hause war sie in der Stadt, wo Tante Ingrid und Oma wohnten und sie vor kurzem mit ihrer Mutter hingezogen war, auch neu. Dort hatte sie noch keine Freunde! In der Straße gab es niemanden in ihrem Alter.

Emilie hörte ein Klopfen an ihrem Fenster. Sie stand auf und blickte hinaus. Maurizio wartete vor dem Fenster. Er hatte einen Rucksack dabei. Emilie öffnete leise ihre Zimmertür, huschte durch die Küche und hinaus zur Bungalowtüre.

»Maurizio, was machst du hier?«

»Ich habe Papà gehört, wie er mit Carlo gesprochen hat, dass du und Susann heute nach Hause fliegt. Ich habe eine Idee, Emi, wie du hierbleiben kannst. Komm, lass uns zum Strand gehen, dann verrate ich dir meinen Plan. Du musst einen Rucksack mitnehmen.« Emilie dachte kurz nach. Ihre Mutter sagte ihr immer, dass sie nicht, ohne etwas zu sagen, weglaufen durfte, doch Emilie war immer noch sauer auf sie, außerdem schlief ihre Mutter noch. Emilie ging zurück in ihr Zimmer, nahm ihren Rucksack und packte ihr Kuschelschaf mit ein. Zusammen mit Maurizio lief sie zum Strand. Maurizio erklärte ihr den Plan.

»Ich weiß nicht so recht«, sagte Emilie schließlich unschlüssig. »Ich will nicht weglaufen, dann macht sich Mama so viele Sorgen um mich. Außerdem finden uns die Erwachsenen sowieso.«

»Willst du wieder zurück nach Deutschland?«, fragte Maurizio mit Nachdruck.

»Nein, will ich nicht«, kam es etwas weniger überzeugt von Emilie.

»Na eben, deswegen müssen wir uns verstecken, dann kann deine Mutter dich nicht von hier fortholen.« Und als Emilie keine Anstalten machte, ihm zu folgen, nahm Maurizio sie bei der Hand.

»Komm, Emi. Onkel Carlo wird deine Mutter sicher überzeugen können, dass es besser ist, hierzubleiben.« Die zwei liefen los. Sie versteckten sich zuerst in der Nähe des Kinderspielplatzes, dort gab es ein Tipi und das bot ein ideales Versteck. Einmal meinte Emilie ihre Mutter auf der Straße vor dem Kinderspielplatz zu erkennen, sie sah etwas besorgt aus und Emilie bekam gleich ein schlechtes Gewissen. Schließlich kam Lilly, eine der Animateurinnen.

»Hey, Maurizio, hallo, Emilie. Wollt ihr zwei auch Masken bemalen?« Bevor Emilie etwas sagen konnte, hatte Maurizio abgelehnt und sie an der Hand genommen.

»Wir müssen uns ein anderes Versteck suchen, jetzt, wo Lilly uns gesehen hat.« Zuerst wunderte sich Emilie, weil Maurizio direkt in Richtung der Villa der Liccardis lief, doch gleich neben der Villa verlief ein schmaler Weg. Sie liefen den Weg ein kleines Stück entlang, bis sie zu einem großen Baum kamen, in dessen Krone ein Baumhaus hineingebaut worden war.

»Hier findet uns niemand«, verkündete Maurizio stolz. Er und Emilie kletterten die Strickleiter hinauf. Dann zog Maurizio die Leiter nach oben.

»Ich habe uns auch extra etwas zu Essen gemacht«, sagte Maurizio stolz. »Aber wir sollten es uns aufsparen, schließlich wissen wir nicht, wie lange deine Mutter braucht, um zur Vernunft zu kommen.« Maurizio hörte sich ziemlich altklug an, als er das sagte, zumal er diese

Redewendung bis jetzt nur von seinem Vater gehört hatte. Emilie hatte die Arme um die Knie geschlungen. Erst war ihr der Plan mit dem Weglaufen sehr sinnvoll vorgekommen. Nun bekam sie erste Zweifel. Sie hatte Angst, dass sich ihre Mutter zu große Sorgen machte. Außerdem hatte sie wenig Hoffnung, dass sich ihre Mutter durch diese Aktion davon überzeugen ließ, dass es hier besser als in Deutschland war. Sie saßen eine längere Zeit in dem Baumhaus. Von der Villa hörten sie, wie Renato ein paar Mal nach Maurizio rief. Renato klang sauer und besorgt und Emilies schlechtes Gewissen wurde nun noch größer.

»Vielleicht sollten wir einfach wieder zurückgehen, wenn die Erwachsenen sich so viel Sorgen machen, werden wir trotzdem nicht hierbleiben.«

Susann war völlig in Sorge. Emilie war davongelaufen. Ihr kleiner Rucksack war weg und Susann hatte keine Antwort erhalten, als sie mehrmals nach Emilie gerufen hatte. Bevor sie kopflos, ohne an etwas Anderes denken zu können, durch die Gegend rannte, zwang sich Susann zur Ruhe und eilte zu allen Orten, wo Emilie sich gerne aufgehalten hatte. Doch sie fand sie nirgends. Nicht am Strand, auch am Kinderspielplatz konnte sie ihre Tochter nicht entdecken und in der Poollandschaft hatte sie Emilie auch nicht gesehen. In der Mall, im Zeitschriftenladen, nirgendwo ein Zeichen von Emilie.

Emilie, wo bist du nur? Susann fuhr sich gestresst durch ihre Haare. Was sollte sie jetzt machen? Susann bekam langsam Panik. Sie war auf Höhe der Rezeption, da entdeckte sie Carlo.

»Carlo!«, rief sie und lief auf ihn zu.

»Susann, was ist passiert?«, fragte Carlo alarmiert, als er sah wie aufgelöst Susann war.

»Emilie ist spurlos verschwunden, ich habe sie schon überall gesucht und ich mache mir solche Sorgen.« Susann rannen die Tränen über die Wangen. Es war alles zu viel. Carlo schloss sie in die Arme. Er strich ihr beruhigend über den Rücken und hielt sie fest. Susann fühlte seinen Herzschlag und zwang sich zur Ruhe. Sie durfte jetzt nicht die Nerven verlieren.

»Hör zu, Susann, wir machen eine Durchsage. Auf dem ganzen Campinggelände gibt es Lautsprecher, dann wird Emilie die Nachricht hören.« Carlo führte Susann zur Rezeption und in das Büro, welches direkt hinter der Rezeption lag. Wenn sie im Liccardi Resort arbeiten würde, wäre das hier ihr Büro. Hier stand auch die Sprechanlage. Benedetta tippte eben etwas in ihren Computer, als Carlo und Susann eintraten.

»*Buongiorno.* Weißt du die gute Nachricht schon, Susann?«, fragte Benedetta. Carlo schüttelte kurz, als Zeichen, dass dies ein schlechter Moment war, den Kopf.

»Benedetta, bist du so lieb und machst schnell eine Durchsage? Emilie, Susanns Tochter, ist verschwunden.«

»Oh, natürlich. Kein Problem.« Benedetta ging sofort zur Sprechanlage.

»Achtung, bitte. Die kleine Emilie Haas wird von ihrer Mutter gesucht. Bitte komm zum Eingang des Resorts«, sprach Benedetta in die Anlage. Die Durchsage war laut und deutlich selbst im Gebäude zu hören. »Mach dir keine Sorgen, Liebes, Emilie ist im Nu wieder hier«, sagte Benedetta aufmunternd zu Susann. Carlo wirkte ebenfalls angespannt und ging zum nächstgelegenen Telefon. Er wählte eine Nummer und wartete kurz, bis abgehoben wurde.

»Ja. Gian, ich möchte, dass du und die anderen Lifeguards den Poolbereich und den Strand überprüfen. Es wird ein sechsjähriges Mädchen vermisst. Sie heißt Emilie Haas, ist so groß wie mein Neffe Maurizio, hat lange, blonde Haare und sie hat einen kleinen roten Rucksack dabei.« Er horchte kurz auf die Antwort. »Genau, danke, einfach alles prüfen und nachsehen. Sie hat sich gut mit Maurizio angefreundet, wenn ihr ihn seht, gebt mir kurz Bescheid, vielleicht ist sie bei ihm. Danke, Gian.« Carlo wandte sich an Susann.

»Vielleicht ist Emilie bei Maurizio, ich schlage vor, wir schauen schnell zu Hause nach, wo Maurizio steckt, vielleicht weiß er, wo Emilie hinwollte.« Er legte Susann eine Hand auf den Rücken und führte sie aus dem Zimmer. Susann erkannte, dass auch Carlo angespannt und in Sorge war, und es war seltsam, doch dies gab ihr wieder neue Kraft. Sie war nicht alleine, Carlo war da.

Im Baumhaus langweilten sich Maurizio und Emilie inzwischen. Emilie war nicht mehr überzeugt, dass es eine gute Entscheidung gewesen war, fortzulaufen.

»Maurizio!«, rief da plötzlich eine Stimme unter dem Baumhaus.

»Oh nein, das ist Fili«, flüsterte Maurizio. »Ich habe ihm nichts von unserem Plan gesagt, er würde uns nur verraten.« Emilie wollte gerade aus dem Fenster sehen und Filippo bitten, sie nicht zu verraten. Sie mochte Filippo gerne und fand es manchmal etwas zu grob, wie Maurizio mit ihm umging.

»Nein, Emi. Wir tun so, als wären wir nicht da, dann geht er wieder«, sagte Maurizio leise und zog Emilie zurück.

»Maurizio, ich weiß, dass du da oben bist. Du ziehst immer die Strickleiter nach oben, damit ich nicht mit rauf kann.« Filippo wartete kurz. »Maurizio, ich will da auch rauf! Papà hat gesagt, dass du die Leiter nicht hochziehen darfst! Außerdem sucht Papà schon nach dir. Er ist sehr sauer, weil du schon wieder, ohne was zu sagen, weggelaufen bist!« Filippo ging mehrmals um den Baum herum. »Du bist gemein, das sage ich Papà.« Und damit rannte Filippo den schmalen Weg zurück zur Villa.

»Da siehst du es. Er ist so eine kleine Petze«, erwiderte Maurizio genervt. »Jetzt wird Papà kommen und dann ist unser ganzer Plan im Eimer. Komm, Emi. Wir müssen uns woanders verstecken.« Schnell verließen sie das Baumhaus und liefen den Weg an der Villa vorbei zurück zum Resort. Keinen Augenblick zu früh, denn Filippo führte seinen Vater gleich darauf zum Baumhaus.

»Und du bist dir sicher, dass Maurizio dort oben war?«, fragte Renato zweifelnd. In der Regel sagte Maurizio kurz Bescheid, wenn er beim Baumhaus spielte.

»Ja, Papà, die Leiter war nach oben gezogen, wie es Maurizio sonst auch immer macht, wenn er nicht will, dass ich mitkomme.«

»In Ordnung, aber jetzt ist er nicht mehr dort oben«, sagte Renato, als er kurz einen Blick in das Baumhaus geworfen hatte. Er sah ein Armkettchen mit vielen bunten Meerestieren im Baumhaus liegen und hob es auf.

»Weißt du, wem die Kette gehört?«, fragte er seinen Sohn. Filippo schüttelte den Kopf. Renato drehte sich um, um zur Villa zurückzugehen, da kamen auch schon Carlo und eine sehr, sehr besorgte Susann auf ihn zu.

»Emilie ist verschwunden«, brachte Carlo es sofort auf dem Punkt. Er sah ebenfalls ziemlich angespannt aus und hatte Susann einen Arm um die Schultern gelegt.

»Maurizio ist auch wieder einmal nicht zu finden. Aber Filippo meint, dass er erst vor wenigen Minuten beim

Baumhaus war. Diese Kette gehört nicht zufällig Emilie?«, fragte Renato und zeigte seinem Cousin und Susann das Armkettchen.

»Doch, das ist Emilies Kette«, sagte Carlo und er war schon ein bisschen erleichtert.

»Dann sind die zwei vermutlich zusammen unterwegs«, schlussfolgerte Renato. Susann war ebenfalls froh, dass Emilie nicht komplett alleine war. Doch noch immer war sie in Sorge.

»Unseren Flug haben wir sowieso verpasst, ich möchte jetzt erst einmal meine Tochter wiederfinden«, sagte Susann und ihre Stimme verriet ihre Aufregung.

»Sicher, wir finden sie, Susann. Weit können die Kinder nicht sein«, entgegnete Carlo sofort. Einen Arm hatte er beruhigend um Susann gelegt. Sie kuschelte sich an ihn und versuchte, dass die Panik nicht die Oberhand gewann.

»Ich schlage vor, wir suchen noch einmal im Resort«, entschied Renato. »Die zwei werden vom Baumhaus weggelaufen sein, weil Filippo gesagt hat, er würde mich holen. Ich denke, das Wahrscheinlichste ist, dass sie wieder irgendwo im Resort sind.« Susann nickte und versuchte nicht wieder zu weinen. Gerade war ihr alles zu viel. Die Sorge um Emilie, dass sie selbst nicht recht wusste, was sie wollte. Sie war froh, dass Carlo, stark wie ein Fels in der Brandung, an ihrer Seite war und ihr Halt gab.

Eli sah hoch zum Himmel. Vor einer halben Stunde hatte es leicht zu regnen begonnen. Innerhalb weniger Minuten hatte es sich nun zugezogen und von dem hellen Blau war nichts mehr zu sehen. Aus dem Nieselregen wurde nun ein richtig starker Regen. Eli deckte die Ducati mit einer Plane ab und die Norton rollte er auf die Terrasse unters Dach. Er sah noch einmal zum Strand. Besser, er schloss das Tor zum Strand, damit es in dem aufkommenden Wind nicht hin- und herschlug. Elis Blick fiel auf zwei Kinder, die sich gegen den Wind stemmten und am Strand entlanggingen. Unwillkürlich suchte er mit den Augen den Strand nach den Eltern der Kinder ab. Da war niemand sonst! Die Wellen schlugen mit großer Wucht an den Strand.

»Hey!«, rief Eli. Die zwei Kinder wandten sich ihm zu und Eli erkannte Maurizio und Emilie. Zuerst sah es so aus, als wollte Maurizio weitergehen, doch Eli rannte auf sie zu.

»Na, wo wollt ihr denn hin, bei diesem Wetter?«

»Irgendwohin, wo es trocken und nicht windig ist«, sagte Emilie, bevor Maurizio etwas darauf entgegnen konnte.

»Na dann, kommt mit.« Eli führte sie zu seinem Bungalow. Vom Regen waren sie glücklicherweise noch nicht so nass geworden, dennoch holte Eli zwei Decken.

»Eli, können wir hier bei dir bleiben, während es regnet? Nach dem Regen gehen wir weiter«, sagte Maurizio.

»Sicher. Wo wollt ihr denn hingehen, wenn es nicht mehr regnet?«

»Weit weg von unseren Eltern.«

»Warum das denn? Gefällt es euch zu Hause nicht mehr?«, fragte Eli belustigt und musterte die Rucksäcke der Kinder. Anscheinend hatten die zwei beschlossen wegzulaufen. Eli konnte sich erinnern, dass er so etwas als Kind auch schon versucht hatte. Emilie antwortete nicht, sondern sah nur skeptisch zu Eli.

»Wir müssen verhindern, dass Emilie wieder zurück nach Deutschland geschickt wird«, sagte Maurizio. Emilie warf ihm einen warnenden Blick zu und schaute dann zu Eli.

»Wir können Eli vertrauen, Emi. Er wird nichts verraten. Der ist nicht so alt wie unsere Eltern, er versteht uns.« Eli wusste nicht, ob es ihn freuen sollte, dass er scheinbar bedeutend jünger als sein Cousin, seine Geschwister und Susann wirkte, oder ob er entrüstet sein sollte. Zumindest Emilie schien Maurizios Argumentation einleuchtend zu finden.

»Genau, ich möchte nicht mehr nach Deutschland, sondern ich will hier in Italien bleiben«, sagte Emilie bestimmt. »Mama kann alleine wieder nach Hause fahren, oder sie bleibt auch. Am besten bei Carlo.« Emilie hatte sich in einen der Korbstühle gesetzt, die Decke um sich geschlungen und verschränkte nun die Arme. Eli fühlte sich an seine Schwester Katie als Kind erinnert, wenn sie etwas nicht bekommen konnte und dann geschmollt hatte, um es zu kriegen.

»Denkst du nicht, Susann wird sich Sorgen machen, wenn du so einfach wegläufst, *honey*?«, fragte Eli.

»Das ist mir egal. Ich will nicht nach Hause fahren!«, entgegnete Emilie bestimmt und schmollte weiter.

»Ich rufe Susann jetzt an, damit sie sich keine Sorgen macht«, beschloss Eli. Emilie sah ihn erschrocken an.

»Nein, bitte mach das nicht, dann kommt sie nur, um Emilie zu holen, und dann fahren sie nach Deutschland. Bitte Eli, versprich, dass du nichts sagst«, bettelte Maurizio. Eli war unschlüssig. Er musste Susann Bescheid geben, aber vielleicht liefen die Kinder weg, wenn er es ihnen jetzt nicht versprach.

»Na gut, ich verspreche es«, sagte Eli und hob wie im Schwur die rechte Hand hoch. In Gedanken kreuzte er hinter seinem Rücken die Finger.

»Danke«, sagte Emilie und lächelte ihn an.

Maurizio und Emilie hatten es sich auf den Korbstühlen bequem gemacht. Sie schwiegen kurz, dann machte Maurizio plötzlich seinen Rucksack auf und packte zwei belegte Brote aus, die er sich wohl selbst gemacht hatte, zumindest sahen sie so aus. Die Brote waren ziemlich schief abgeschnitten und die Butter war nicht ordentlich verteilt. Eines der Brote gab Maurizio Emilie.

»Maurizio, willst du es wirklich jetzt schon essen, wir wissen doch noch gar nicht, wie lange wir wegbleiben?«, fragte Emilie. Eli schraubte weiter an der Norton und musste über die Kinder lächeln. Es war wirklich goldig.

»Ich habe aber jetzt Hunger«, sagte Maurizio mit vollem Mund. Eli nahm sein Handy aus der Hosentasche und schrieb an Carlo und Renato. *Ciao, Maurizio und Emilie sind bei mir, sie wollen weglaufen, weil Emilie nicht heimfahren möchte. Sobald es zu regnen aufhört, möchten sie weiter. Ich dachte, ich gebe euch Bescheid, den Kindern musste ich versprechen, dass ich euch nichts sage.* Carlo würde sicher Susann Bescheid geben.

»Hört mal zu, ihr zwei. Ich möchte zurzeit auch weglaufen, aber ich und auch ihr werdet sicher nicht wissen, wohin man eigentlich laufen sollte. Außerdem jagt ihr den Menschen, die euch lieben, einen großen Schrecken ein und das wollt ihr doch sicher auch nicht, oder?«, versuchte Eli die Kinder zur Einsicht zu bewegen.

»Nein, das will ich nicht«, sagte Emilie bestimmt, »aber ich möchte auch nicht nach Hause und Mama will doch auch nicht nach Hause. Sie fährt doch nur wegen mir.«

»Vielleicht ist deine Mutter sich selbst noch nicht sicher, was sie will, vielleicht hat sie auch Angst und nur weil ihr erst einmal nach Deutschland zurückkehrt, muss es nicht bedeuten, dass ihr nicht bald wiederkommt.«

»Ich möchte aber sicher wissen, dass wir bald wieder zurückkommen. Sonst fahre ich gar nicht erst mit.«

»Eli?!«, hörten sie eine Stimme rufen.

»Das ist Mama«, sagte Emilie. Maurizio sprang auf und griff Emilies Hand. Zusammen liefen sie in den Bungalow und versteckten sich hinter der Couch.

»Du darfst uns nicht verraten«, flüsterte Maurizio Eli noch einmal zu. Eli nickte kurz.

Susann kam um die Ecke. Sie sah gestresst aus. Ihr Blick glitt zu den Rucksäcken der Kinder, die sie einfach nur unter den Terrassentisch gestellt hatten, und schließlich zu Eli. Mit einer Kopfbewegung wies Eli in den Bungalow. Er hatte erwartet, dass Susann Emilie sofort holen würde, doch stattdessen setze sich Susann auf einen der Korbstühle.

»Ach, Eli, ich mache mir solche Sorgen um Emilie und auch um Maurizio. Wo können sie nur sein?«, fragte Susann.

»Ich habe keine Ahnung«, sagte Eli. Er ahnte, was Susann vorhatte.

»Ich weiß, dass Emilie hier sehr glücklich ist, und ich würde ihr gerne sagen, dass ich ebenso gerne wie sie hierbleiben möchte. Ich fühle mich hier sehr wohl im Resort und ich habe auch Carlo sehr, sehr gerne. Aber das ganze letzte Jahr war so schwierig und ich weiß manchmal gar nicht mehr, was richtig und was falsch ist.«

»Und wenn du es einfach ausprobierst, hier glücklich zu werden?«, sagte Carlo, der ebenfalls auf die Terrasse getreten war.

»Was ist, wenn es die falsche Entscheidung war, wenn wir, Emilie und ich, uns dann doch nicht wohlfühlen?«

»Susann, *amore*, ich verspreche dir, wenn du doch wieder nach Deutschland zurückkehren willst, ich werde dich nie aufhalten, wenn du sagst, dass es das Richtige für euch beide ist. Und wenn du sagst, dass du dir lieber eine andere Stelle außerhalb des Resorts suchen möchtest, um freier zu sein, verstehe ich das auch. Aber bitte, gib uns eine Chance.«

»Ich denke, Emilie hätte nichts dagegen«, sagte Eli.

»Nein, ich hätte überhaupt nichts dagegen!«, rief Emilie und rannte aus dem Bungalow direkt in die Arme ihrer Mutter. »Ich möchte unbedingt hierbleiben, Mama. Bitte, Mama, bitte sag, dass wir hierbleiben.« Emilie und Susann lagen sich in den Armen. Emilie fand es schrecklich, wie viel Sorgen sie ihrer Mutter bereitet hatte, und Susann war unendlich glücklich, dass sie ihre Tochter wieder in den Armen hielt.

»In Ordnung, ich …, das heißt, wir versuchen es«, sagte Susann schließlich.

»Wirklich?«, fragte Carlo und seine Stimme klang hoffnungsvoll. Konnte es tatsächlich sein, dass Susann ihrer Beziehung eine Chance gab?

»Ich liebe dich, Carlo. Ja, ich möchte hierbleiben.«

»Oh, Susann, du weißt gar nicht, wie glücklich du mich machst.« Er umarmte Susann und Emilie liebevoll.

»Ich liebe dich auch, Susann.« Und an Emilie gewandt sagte Carlo: »Und dich auch, *stellina*, aber lauf bitte nie wieder weg, hörst du? Susann und ich haben uns große Sorgen gemacht.«

»Das mache ich nicht, versprochen.«

Renato kam ebenfalls hinzu und beobachtete, wie auch Eli, die drei. Dann sah er Maurizio, der etwas kleinlaut aus dem Bungalow kam.

»So, Maurizio, ich hoffe, du hast eine gute Erklärung«, sagte Renato zu seinem älteren Sohn. Seine Stimme war ernst.

»Ich äh …«, begann Maurizio.

»Es war meine Schuld, Onkel Renato«, kam Emilie ihrem Freund zu Hilfe. »Maurizio wollte mir nur helfen, dass ich nicht abreisen muss. Er kann nichts dafür, er durfte mich ja nicht verraten.«

»Und das soll ich glauben? Ich kenne doch meinen Frechdachs, ganz unschuldig bist du sicher nicht, Maurizio«, entgegnete Renato, doch er sagte nichts weiter dazu.

Susann und Emilie zogen in die Liccardi-Villa und Susann rief zuerst ihre Schwester und ihre Mutter an. Beide freuten sich für sie und sie schienen irgendwie schon damit gerechnet zu haben. Evelina drückte Susann begeistert, als sie erfuhr, dass sie und Emilie vorhatten, in Italien zu bleiben.

»Das sind wunderbare Neuigkeiten, Susann. Du machst Carlo damit unendlich glücklich.« Susann freute sich über Evelinas Worte und erwiderte die Umarmung liebevoll. Sie fühlte sich aufgehoben und angekommen. Michela nahm die Nachricht zum Anlass, noch mehr und umfangreicher zu kochen, und Edmondo entkorkte zur Feier des Tages einen seiner teuersten Weine. Auch sein Trinkspruch richtete er an Susann und Emilie: »Auf den Zuwachs in unserer Familie. Dass ihr euch hier zu Hause fühlt.« Sie stießen an und Susann sagte leise zu Carlo: »Also, wenn die Stelle in der Rezeption noch zu haben ist, würde ich sie gerne annehmen.« Carlo strahlte Susann glücklich an. Dann hob er sein Glas erneut: »Und darauf, dass wir für Benedetta eine wundervolle Nachfolgerin gefunden haben.« Edmondo sah erfreut zu Susann. Sie lächelte ihn an und nickte.

»*Nonna*, kann ich noch etwas haben?«, fragte Eli.

»Ja, sicher, *tesoro*. Mehr Fleisch oder mehr Kartoffeln?«

»Von allem noch etwas!«

»Na, hast du deinen Appetit wiedergefunden, dann

willkommen zu Hause«, sagte Renato und klopfte Eli auf die Schulter. Und als dann später auch noch Katie anrief und Carlo auch seiner jüngsten Schwester die großartigen Neuigkeiten erzählen konnte, schien der Tag perfekt zu sein.

Am Abend lag Carlo im Bett. Schließlich sah er zu Susann, die neben ihm lag.

»Das habe ich mir die letzten Wochen immer gewünscht. Und wie geht es dir?« Susann sagte nichts, sie lächelte, lehnte sich zu Carlo und küsste ihn und in ihrem Kuss steckte so viel Liebe und Zuneigung, dass Carlo genau wusste, wie sich Susann fühlte.

Epilog

Susann und Emilie fuhren schließlich das Wochenende darauf nach Deutschland, um den Umzug zu organisieren. Carlo begleitete sie und lernte so Susanns Schwester Ingrid und ihre Mutter Margarete kennen. Die zwei waren unendlich herzlich. Sie liebten Susann und Emilie und freuten sich aber auch für sie. Carlo war zunächst noch etwas besorgt gewesen, dass Susann durch den Abschied in Deutschland ihre Entscheidung bereuen könnte. Doch als sie auf der Rückfahrt nach Italien waren und schließlich Ca´Sogno hinter sich gelassen und das Liccardi Resort fast erreicht hatten, seufzte Susann glücklich.

»Jetzt bin ich froh, wenn wir wieder zu Hause sind«, sagte sie und schaute Carlo liebevoll von der Seite an. Und da fiel auch ihm ein Stein vom Herzen.

An einem Freitagabend einen Monat später gingen Susann und Carlo spazieren. Susann hatte sich bereits eingelebt. Emilie gefiel es sehr gut. In der Schule ging sie mit Maurizio in eine Klasse und bekam noch etwas Nachhilfe, da sie die vergangenen Monate aufholen musste, doch Susann hatte keine Zweifel. Ihre Tochter war glücklich und eifrig dabei, alles Verpasste zu lernen. In der Rezeption wurde Susann von Benedetta nun die letzten Tage eingearbeitet und die Arbeit mit den Gästen gefiel ihr mit jedem Tag besser. Die Kollegen waren hilfsbereit und Susann fühlte sich aufgenommen und wohl, als würde sie schon Jahre dort arbeiten. Den ganzen vergangenen Tag hatte Carlo sehr geheimnisvoll gewirkt und auch jetzt schien er in Gedanken. Der Wind blies vom Meer und Susann begann etwas zu frieren. Carlo zog Susann in seine Arme.

Dann waren sie beim Leuchtturm angelangt. Carlo führte Susann um den Leuchtturm herum. Susann verstand erst nicht, weshalb. Sie war selbst mit Emilie schon ein paar Mal um den Leuchtturm herumgegangen, doch es gab nichts zu sehen außer der verriegelten Eisentür. Doch was war das? Auf der anderen Seite stand nun, mit Blick auf das Meer, eine Bank aus Stein. Die Sonne schien mit ihren letzten Strahlen noch auf die Bank.

»Wer hat die denn hier aufstellen lassen?«, fragte Susann erfreut. Wie oft hatte sie sich gedacht, dass genau hier, an dieser Stelle, eine Bank stehen müsste.

»Ich«, sagte Carlo. Er lachte, als Susann ihn überrascht ansah.

»Bitte setz dich.« Susann wollte sich setzen. Doch da fiel ihr Blick auf eine kleine Messingtafel, die an der Lehne der Bank angebracht war. Sie las die Gravur: *Für Susann, die Liebe meines Lebens.* Susann sah Carlo liebevoll an. Sie küsste ihn zärtlich. Er erwiderte den Kuss, doch dann ging er einen Schritt zurück.

»Ich würde dich gerne weiter küssen, *amore*, aber zuvor muss ich dich etwas fragen.« Susann setzte sich auf die Bank. Carlo zog eine kleine Schachtel aus seiner Hosentasche hervor. Dann kniete er sich vor Susann hin.

»Susann, schon als ich dich das erste Mal getroffen habe, wusste ich, dass du ein ganz besonderer Mensch bist. Selbst mehrere Stunden mit dir in einem dunklen Fahrstuhl festzusitzen, kam mir nur wie ein kurzer Augenblick vor. Wenn du lachst und wenn du an meiner Seite bist, habe ich das Gefühl, dass du jeden Moment noch ein bisschen heller und schöner machst. Nur mit dir an meiner Seite fühle ich mich ganz. Nur mit dir an meiner Seite kann ich mir ein *für immer* vorstellen. Deshalb, Susann, möchte ich dich fragen: Willst du mich heiraten?

Auch wenn es bedeutet, dass du dann fast 24 Stunden die Liccardi Familie um dich hast, und du dir wahrscheinlich wünschst, es gäbe noch ein anderes Gesprächsthema außer diesem Resort.« Carlo hatte die kleine Schachtel aufgeklappt und Susann sah auf den feinen silbernen Ring mit den kleinen geschliffenen, fein eingearbeiteten Edelsteinen. Vor Glück musste sie weinen.

»Ich hoffe, das sind Freudentränen?«, fragte Carlo unsicher.

»Ja, Carlo. Von ganzem Herzen, ja, ich will deine Frau werden, mit allem, was dazugehört, deine, ich meine, unsere Familie, das Resort, die Überstunden in der Hauptsaison …«

»Das hatte ich ganz vergessen zu sagen.«

»Ich nicht, damit habe ich doch schon gerechnet.«

»Du bist einfach großartig, ich hoffe, das weißt du.«

»Carlo, …«, begann Susann, die von seinem Kompliment völlig überwältigt war.

»Und dass du mich zum glücklichsten Mann der Welt machst, weißt du hoffentlich auch?«, fragte Carlo und steckte ihr den traumhaft schönen Ring an den Finger.

»Du machst mich ganz verlegen. Ich liebe dich mehr, als ich sagen kann, Carlo.«

Carlo lächelte und setzte sich neben Susann auf die Bank.

»Wenn das Emilie erfährt, dass du mir einen Antrag gemacht hast. Sie wird sich sehr freuen.«

»Um ehrlich zu sein, habe ich ihr schon davon erzählt«, gestand Carlo. »Ich wollte wissen, was sie davon hält, und hatte sie auch dabei, als ich den Ring für dich ausgesucht habe.«

»Und da sagt ihr mir beide nichts davon?«

»Wir hatten ausgemacht, dass es ein Geheimnis bleibt und du nichts ahnen solltest, *amore*.«

»Und was hat Emilie dann gesagt, als du ihr erzählt hast, dass du mir einen Antrag machen willst?«, fragte Susann interessiert.

»Sie hat sich wirklich sehr gefreut und mir auch gleich ein paar Tipps gegeben, was ich unbedingt beachten muss, damit es romantisch ist. Du, ich meine, wir haben eine wunderbare Tochter.«

Susann lachte glücklich und dann küsste sie Carlo. Das Abendrot tauchte sie beide in warme Farben, das Meer leuchtete golden und die Wellen rauschten an den Strand. Doch das nahmen Susann und Carlo nur nebenbei wahr. Sie hatten sich nach all diesen Jahren wiedergetroffen und würden für immer zusammenbleiben.

*** Ende***

Nachwort

Ende 2016 erfüllte sich einer meiner sehnlichsten Wünsche: die Veröffentlichung meines ersten Buches. Es gibt viele Geschichten, die von mir begonnen werden und keinen Abschluss finden. Einige haben einen Schluss, aber keinen Anfang und wieder andere sind nur eine Sammlung von Fragmenten, die noch nicht einmal in eine richtige Reihenfolge gebracht werden können. Umso mehr war ich froh, glücklich und einfach erleichtert, als letztes Jahr das erste Buch um die Familie Liccardi im kompletten Umfang (mit Anfang UND Ende) erschienen ist.

Doch wie so oft, wenn eine Geschichte entsteht, gibt es eine ganze Reihe Ideen, Ereignisse und Passagen, die es nicht ins fertige Buch schaffen konnten. Im Falle der Liccardis habe ich schon während des Schreibens an *Eli & Laura* bemerkt, dass auch die anderen Familienmitglieder ihre eigenen Erlebnisse zu berichten haben. Vor allem ist mir klar geworden, dass ich noch nicht den Anfang erzählt habe, nämlich, wie *Carlo & Susann* zueinanderfinden. Mit *Carlo & Susann* beginnt nun die ganze Geschichte um die Familie Liccardi und mit *Eli & Laura* wird sie fortgeführt – und noch immer nicht abgeschlossen. Es ist noch nicht an der Zeit, sich von der Familie Liccardi zu trennen. Im Resort gibt es viel zu viele Geschichten, die noch nicht erzählt und noch nicht aufgeschrieben wurden.

Da aber alles seine Richtigkeit und Ordnung haben soll, wird nun nach diesem Buch in der richtigen Reihenfolge gearbeitet und so sitze ich zurzeit an Band 3 über Renato und die zauberhafte Camille.

Die »Liccardi-Resort«-Reihe umfasst demnach folgende Bücher:

Band 1: Mit dir, für ewig! – Liccardi Resort (*erschienen 2018*)

Band 2: Bitte bleib bei mir – Liccardi Resort (*erschienen 2016*)

Band 3: Du singst dich in mein Herz – Liccardi Resort (*in Vorbereitung*)
...

Das Wort zum Schluss: Der größte Dank geht an meine Mutter, die inzwischen die Familie Liccardi ebenso gut (wenn nicht sogar besser ;-)) kennt als ich. Die sich meine unzähligen Ideen und Pläne anhört und jeden einzelnen meiner Gedanken mit so viel Interesse verfolgt, wie ich mir das nur wünschen kann. Ich danke dir von ganzem Herzen für deine Unterstützung, Ma. Du bist die Beste.

Ein weiterer Dank geht an meinen Vater. Fürs lesen, verbessern und Vorschläge machen. Und für die Diskussionen, die du absolut nicht magst, Pa ;-) – ragt der Steg nun ins Meer hinaus oder hinein?

Und zu guter Letzt und ohne Namen zu nennen, weil ich wirklich niemanden vergessen möchte: an meine Freundinnen und Freunde, an meine Bekannten und an die Leserinnen und Leser – vielen Dank für Eure Unterstützung und Eure Rückmeldungen. Ihr tragt dazu bei, dass es Spaß macht, (weiter) zu schreiben.

Eure Johanna
H., Juni 2018